ちくま文庫

ファイン/キュート
素敵かわいい作品選

高原英理 編

筑摩書房

ファイン／キュート　素敵かわいい作品選【目次】

2　可憐の言葉

3　猫たち、犬たち

6　キュートな不思議

7　かわいげランド

はじめに

高原英理

私は普段、ちょっとダークな感じの小説を書くことが多くて、これを「リテラリーゴシック」と名づけています。まだあまり知られない分野ですが、私から見ればリテラリーゴシックと言える文学作品は自作の他にも多数あって、日本作家限定でそういった作品を選んでみたら、『リテラリーゴシック・イン・ジャパン』というアンソロジーになりました。それはとてもうまくいったつもり。でも、仕事を終えてから、ゴシックだけが自分の文業の全部ではないことに気付いた。文学のゴシックは大切だけれども、でもそれは私自身の文学の約半分です。まだある、あと半分くらい、リテラリーゴシックと別なものも私には必要だ。そうだ、昔発表した『うさと私』は、かわいいこと、キュートな何かに心奪われて書いた詩でした。私にとってキュートなものもまた生きる糧である。では今度はキュートな文学を探しましょう。でもただキュートなだけではない、私がこれ、と思う文学作品は、そのキュートさが必ず何かの素敵さとともにあった。

いいえ、ただかわいいだけでもいいんですよ。けれども、伝えることは過酷です。この痛いほどのかわいらしさをどうしよう。言語限定で何か特別なかわいいものを伝えようとする、その方法を探してみると、それは、かわいい、だけではすまなかった。なぜでしょう。見てすぐかわいいとわかる、のではなく、言葉という不思議な伝達手段によって間接的に、読み手の想像に訴えかけられるとき、かわいいはただかわいいだけでなく、特別にかわいい、特別でかわいい、でないと本当に人の心に届かないのではないかと思います。

きゅっと胸を摑まれるようなかわいい言葉は、もうかわいいだけでなくなってしまっている。その「きゅっ」の部分をさらに言葉に直せば、たとえば、素晴らしい、とか、素敵、となるでしょう。憧れも含むでしょう。ときには切なさにもなるでしょう。日本の古い言葉で言えば「ああ、はれ」（あはれ）ですね。特別にかわいいと言うとき、素晴らしい・素敵が既に含まれているのです。文学に見つかる心打つ可愛さは、キュートなだけでなくファインでもある。逆に、言葉でキュートを伝える文学作品はいつもファインです。

それで、今回、私の心に残った「素敵かわいい」文学作品を集めて、ファインでキュートな作品のアンソロジーをお届けすることになりました。素敵にかわいい、素敵でかわいい、そんな世界は夢のようだけれども、言葉の上には確かにある。お好みの違いはあるかもしれませんが、できるだけ広い枠で探してきましたので、どうかここから何か、素敵かわいいものたちを見つけてみてください。

ファイン／キュート　素敵かわいい作品選

1　まずはここから

プラテーロ

フワン・ラモン・ヒメーネス／長南実訳

プラテーロは小さくて、むくむく毛が生え、ふんわりしている。見たところあまりやわらかいので、からだ全体が綿でできている、骨なんかない、とさえ言えそうだ。黒玉いろの瞳のきらめきだけが、まるで黒水晶のかぶと虫みたいにこちこちしている。

手綱をはなしてやる。すると草原へゆき、薔薇《ばら》いろ、空いろ、こがね色の小さな花々に、そっと鼻づらをふれて、生あたたかな息で愛撫する……わたしはやさしく、「プラテーロ」とよぶ。するとうれしそうに駆けてくる。なんだか幻想的な鈴の音の中に、笑いさざめくような足音をたてながら……

わたしがあたえるものをみんな食べる。すきなものは、みかん、一粒一粒が琥珀いろのマスカットぶどう、透明な蜜のしずくをつけた紫いろのいちじく……

かわいらしくて甘えん坊だ、男の子みたい、女の子みたいに……けれどもしんは強くてかっちりしている、石のように。

日曜日、プラテーロにまたがってわたしが町はずれの小路をとおると、こざっぱりした身なりでぶらぶらやってくる村びとたちが、足をとめてプラテーロを見送る。

「すじ金《がね》入りじゃ……」

たしかに鋼《はがね》が中に入っている。鋼づくり、そして同時に月の白金《しろがね》色。

手袋を買いに

新美南吉

寒い冬が北方から、狐《きつね》の親子の棲《す》んでいる森へもやって来ました。

或朝洞穴《あるあさほらあな》から子供の狐が出ようとしましたが、

「あっ」と叫んで眼《め》を抑《おさ》えながら母さん狐のところへころげて来ました。

「母ちゃん、眼に何か刺さった、ぬいて頂戴《ちょうだい》早く早く」と言いました。

母さん狐がびっくりして、あわてふためきながら、眼を抑えている子供の手を恐る恐るとりのけて見ましたが、何も刺さってはいませんでした。母さん狐は洞穴の入口から外へ出て始めてわけが解《わか》りました。昨夜のうちに、真白な雪がどっさり降ったのです。その雪の上からお陽《ひ》さまがキラキラと照《てら》していたので、雪は眩《まぶ》しいほど反射していたのです。雪を知らなかった子供の狐は、あまり強い反射をうけたので、眼に何か刺さったと思ったのでした。

子供の狐は遊びに行きました。真綿《まわた》のように柔《やわら》かい雪の上を駈《か》け廻《まわ》ると、雪の粉《こ》が、しぶきのように飛び散って小さい虹《にじ》がすっと映るのでした。

するとうしろで、

「どたどた、ざーっ」と物凄《ものすご》い音がして、パン粉のような粉雪《こなゆき》が、ふわーっと子狐におっかぶさって来ました。子狐はびっくりして、雪の中にころがるようにして十米《メートル》も向こうへ逃げました。何だろうと思ってふり返って見ましたが何もいませんでした。それは樅《もみ》の枝から雪がなだれ落ちたのでした。まだ枝と枝の間から白い絹糸のように雪がこぼれていました。

間もなく洞穴へ帰って来た子狐は、

「お母ちゃん、お手々が冷たい、お手々がちんちんする」と言って、濡《ぬ》れて牡丹色《ぼたんいろ》になった両手を母さん狐の前にさしだしました。母さん狐は、その手に、は――っと息をふっかけて、ぬくとい母さんの手でやんわり包んでやりながら、

「もうすぐ暖《あたた》くなるよ、雪をさわると、すぐ暖くなるもんだよ」といいましたが、かあいい坊やの手に霜焼《しもやけ》ができてはかわいそうだから、夜になったら、町まで行って、坊《ぼう》やのお手々にあうような毛糸の手袋を買ってやろうと思いました。

暗い暗い夜が風呂敷《ふろしき》のような影をひろげて野原や森を包みにやって来ましたが、雪

はあまり白いので、包んでも包んでも白く浮びあがっていました。

親子の銀狐は洞穴から出ました。子供の方はお母さんのお腹《なか》の下へはいりこんで、そこからまんまるな眼をぱちぱちさせながら、あっちやこっちを見ながら歩いて行きました。

やがて、行手《ゆくて》にぽっつりあかりが一つ見え始めました。それを子供の狐が見つけて、

「母ちゃん、お星さまは、あんな低いところにも落ちてるのねえ」とききました。

「あれはお星さまじゃないのよ」と言って、その時母さん狐の足はすくんでしまいました。

「あれは町の灯《ひ》なんだよ」

その町の灯を見た時、母さん狐は、ある時町へお友達と出かけて行って、とんだめにあったことを思出《おもいだ》しました。およしなさいっていうのもきかないで、お友達の狐が、或《あ》る家の家鴨《あひる》を盗もうとしたので、お百姓《ひやくしよう》に見つかって、さんざ追いまくられて、命からがら逃げたことでした。

「母ちゃん何してんの、早く行こうよ」と子供の狐がお腹の下から言うのでしたが、母さん狐はどうしても足がすすまないのでした。そこで、しかたがないので、坊《ぼう》やだけを一人で町まで行かせることになりました。

「坊やお手々を片方お出し」とお母さん狐がいいました。その手を、母さん狐はしばらく握っている間に、可愛いい人間の子供の手にしてしまいました。坊やの狐はその手をひろげたり握ったり、抓《つね》って見たり、嗅《か》いで見たりしました。

「何だか変だな母ちゃん、これなあに?」と言って、雪あかりに、またその、人間の手に変えられてしまった自分の手をしげしげと見つめました。

「それは人間の手よ。いいかい坊や、町へ行ったらね、たくさん人間の家があるからね、まず表に円《まる》いシャッポの看板のかかっている家を探《さが》すんだよ。それが見つかったらね、トントンと戸を叩《たた》いて、今晩はって言うんだよ。そうするとね、中から人間が、すこうし戸をあけるからね、その戸の隙間《すきま》から、こっちの手、ほらこの人間の手をさし入れてね、この手にちょうどいい手袋頂戴って言うんだよ、わかったね、決して、こっちのお手々を出しちゃ駄目《だめ》よ」と母さん狐は言いきかせました。

「どうして?」と坊やの狐はききかえしました。

「人間はね、相手が狐だと解ると、手袋を売ってくれないんだよ、それどころか、摑《つか》まえて檻《おり》の中へ入れちゃうんだよ、人間ってほんとに恐《こわ》いものなんだよ」

「ふーん」

「決して、こっちの手を出しちゃいけないよ、こっちの方、ほら人間の手の方をさしだすんだよ」と言って、母さんの狐は、持って来た二つの白銅貨《はくどうか》を、人間の手の方へ握らせてやりました。

子供の狐は、町の灯《ひ》を目あてに、雪あかりの野原をよちよちやって行きました。始めのうちは一つきりだった灯が二つになり三つになり、はては十にもふえました。狐の子供はそれを見て、灯には、星と同じように、赤いのや黄いのや青いのがあるんだなと思いました。やがて町にはいりましたが通りの家々はもうみんな戸を閉《し》めてしまって、高い窓から暖かそうな光が、道の雪の上に落ちているばかりでした。

けれど表の看板の上には大てい小さな電燈がともっていましたので、狐の子は、それを見ながら、帽子屋を探して行きました。自転車の看板や、眼鏡《めがね》の看板やその他いろんな看板が、あるものは、新しいペンキで画《か》かれ、或《あ》るものは、古い壁のようにはげていましたが、町に始めて出て来た子狐にはそれらのものがいったい何であるか分らないのでした。

とうとう帽子屋がみつかりました。お母さんが道々よく教えてくれた、黒い大きなシルクハットの帽子の看板が、青い電燈に照《てら》されてかかっていました。

子狐は教えられた通り、トントンと戸を叩きました。

「今晩は」

すると、中では何かことこと音がしていましたがやがて、戸が一寸ほどゴロリとあいて、光の帯が道の白い雪の上に長く伸びました。

子狐はその光がまばゆかったので、めんくらって、まちがった方の手を、――お母さまが出しちゃいけないと言ってよく聞かせた方の手をすきまからさしこんでしまいました。

「このお手々にちょうどいい手袋下さい」

すると帽子屋さんは、おやおやと思いました。狐の手です。狐の手が手袋をくれと言うのです。これはきっと木の葉《こは》で買いに来たんだなと思いました。そこで、

「先にお金を下さい」と言いました。子狐はすなおに、握って来た白銅貨を二つ帽子屋さんに渡しました。帽子屋さんはそれを人差指《ひとさしゆび》のさきにのっけて、カチ合せて見ると、チンチンとよい音がしましたので、これは木の葉じゃない、ほんとのお金だと思いましたので、棚《たな》から子供用の毛糸の手袋をとり出して来て子狐の手に持たせてやりました。子狐は、お礼を言ってまた、もと来た道を帰り始めました。

「お母さんは、人間は恐ろしいものだって仰有《おつしや》ったがちっとも恐ろしくないや。だって僕の手を見てもどうもしなかったもの」と思いました。けれど子狐はいったい人間なんてどんなものか見たいと思いました。

ある窓の下を通りかかると、人間の声がしていました。何というやさしい、何という美しい、何と言うおっとりした声なんでしょう。

「ねむれ　ねむれ

　母の胸に、

　ねむれ　ねむれ

　母の手に――」

　子狐はその唄声《うたごえ》は、きっと人間のお母さんの声にちがいないと思いました。だって、子狐が眠る時にも、やっぱり母さん狐は、あんなやさしい声でゆすぶってくれるからです。

　するとこんどは、子供の声がしました。

「母ちゃん、こんな寒い夜は、森の子狐は寒い寒いって啼《な》いてるでしょうね」

　すると母さんの声が、

「森の子狐もお母さん狐のお唄をきいて、洞穴《ほらあな》の中で眠ろうとしているでしょうね。さあ坊やも早くねんねしなさい。森の子狐と坊やとどっちが早くねんねするか、きっと坊やの方が早くねんねしますよ」

　それをきくと子狐は急にお母さんが恋しくなって、お母さん狐の待っている方へ跳《と》んで行きました。

お母さん狐は、心配しながら、坊やの狐の帰って来るのを、今か今かとふるえながら待っていましたので、坊やが来ると、暖《あたた》かい胸に抱きしめて泣きたいほどよろこびました。

二匹の狐は森の方へ帰って行きました。月が出たので、狐の毛なみが銀色に光り、その足あとには、コバルトの影がたまりました。

「母ちゃん、人間ってちっとも恐《こわ》かないや」

「どうして?」

「坊、間違えてほんとうのお手々出しちゃったの。でも帽子屋さん、掴《つか》まえやしなかったもの。ちゃんとこんないい暖い手袋くれたもの」

と言って手袋のはまった両手をパンパンやって見せました。お母さん狐は、

「まあ!」とあきれましたが、「ほんとうに人間はいいものかしら。ほんとうに人間はいいものかしら」とつぶやきました。

ちびへび

工藤直子

暖《あ》ったかいのだもの
散歩《さんぽ》は　したいよ
ちびへびは
おうちに鍵《かぎ》をかけ
ぷらぷらでかけた

こんちわというと
小鳥《ことり》は　ピャッと飛《と》びあがり
いたちはナンデェとすごんだ
あら　おびに短《みじか》したすきに長《なが》しねと

仲間《なかま》は忍《しの》び笑《わら》いをした
ちびへびは急《いそ》いで家《いえ》にもどり
おうちの中《なか》から鍵《かぎ》をかけ
燃《も》え残《のこ》りの蚊取《かと》り線香《せんこう》のように
まるくなって　ねむった
でも…
暖《あ》ったかいのだもの
散歩《さんぽ》は　したいよ
ちびへびは
もういちど　でかけた
誰《だれ》もいないところまで
――こんちわ　いわずに
ぷらぷら　しないで

雀と人間との相似関係

北原白秋

一

雀ほど人間くさい小鳥はありますまい。無論霊的にです。雀の生活ほどまた、人間の生活に近しいものはありますまい。全く、雀くらゐ人間と深い交渉を持った小鳥はありません。それは親しみ深いものです。いや、親しみ深いと云ふよりも、雀は人間なしには全く生きてゐられない。それほど雀は人間離れのしない小鳥なのです。

円い地球の上に竪琴を擁へて、恍惚と夜天の星宿を仰いでゐる女神の姿を、何よりも縹緲とした「美」や、「神秘」や「夢幻界思慕」の象徴とした古いロウマンチストもありました。又は大きな眼玉の蜻蛉を一羽留らせて、我が蜻蛉洲の稜威を具体化しようとする忠君愛国的な図案家もよく見受けます。

然し、私ならばその円い地球の上には、赤裸々な箇の人間を据ゑます。でなければ茶色のあの小坊主の、箇の雀を留らせて、最も現実的な大きな太陽の面前に、滴るばかりの光明と希望とを浴びせかけたいのです。少くとも此の現実的な地球を的確に支配す可き者は人間でなければ、恐らく私の愛する雀だと思ひます。雀でなくて外に何があります。蜜蜂か、蟻の族か、否々、それは最も人間的な雀、而かも最も繁殖力の激しい雀にかなひません。

かういふ話があります。

北米合衆国には、その昔一羽の雀もゐなかつたと云ふ事です。（雀の一羽もゐなかつた新世界の心細さを思ふと堪へられません。）それに就て、あまりに寂しかつたか、それとも害虫駆除の利用策からか、英蘭《イングランド》は倫敦の大都市から、十ケ年に一千五百羽の雀を輸入したと思つて下さい。すると驚いた事には、雀が今は新世界全体に繁殖分布して、その農作の邪魔をする事は、それは大変だと云ふのです。どうにも手のつけやうが無いと云ふのです。

昔から霧と煤烟とに煤けきつた倫敦の黒い雀が、俗に煙突雀《チムニー・スパアロウ》といふ奴です、その黒い雀が、今は亜米利加中の空を黒くして了つてゐると云ふのです。驚かずにはゐられますまい。

さういふ雀です。考へると凄くなるくらゐです、雀の勢力は。

此の小さい小鳥の雀、世界中の小鳥の中でも、恐らく小さい種族に属する雀、その雀が、地球に棲息してゐる我々人間の数と、ほぼ同じ位か、それ以上にも生活してゐる筈だと聞いたら、大概の人は驚くでせう。それは嘘では無いのです。あまりに親しいので、近過ぎるので、人間の方でつい気がつかずにゐるだけです。

此等の雀が、永世人間と同じ軒下に住み、人間と同じに起き、同じに眠つて、同じに死んだり、生れたりしてる、それは真実です、その交情の深切さは。

抑から雀は人間と同じに生活してゐました。人間に一番近しく生活してゐました。子々孫々雀は人間に即いてゆくべきものなのです。人間も雀を離れては生きゆけさうにもないのです。人間が雀を忘れてい丶ものですか。

二

だが、人間は時折雀を忘れます。
それは情無い事です、淋しい事です。然しそれは事実です。
何故か。

＊

第一に、雀は決して華奢な小鳥では無い事です。

省はあまり渋過ぎます、素朴過ぎます。あの印度あたりの緋や黄や青や緑の、毒々しい、原色ばかりの小鳥を見た目では猶更です。少しでも燦々《きらきら》してゐません。金箔ならばその裏のやうな小鳥です。千の利休の頭巾の色です。で無ければ、日向くさく焼け燻《くす》んだ百姓の簑笠色です。いい程に落ちついた渋い茶色が、寂しい日本では殊によく調和して、少しも人に飽きさせない代りに、また少しも目立ちません。たとへば古代更紗のやうな小鳥です。

どう見ても、雀は舶来の貴公子ではありません。あまりに常凡です。これが類の少い高雅な異鳥だと随分と珍重されます。然し、貧乏な雀はあの翡翠《かはせみ》の緑玉色《エメロウドいろ》のハイカラマントさへ引つ掛けてゐません。

雀は地味です。地味でない或る種の人間から容易に見落される、それも尤です。

*

第二に、雀の声は単純過ぎます、率直過ぎます、あまりに現実的です。雀はテキハキと理智的に片づけた物の言ひ方はします。無論筋道の立つた必要な言葉で必要な表現はします。時としては可なりのお喋舌家《しやべりや》です。また極めて談話好きです。然し、雀は決して歌ふ小鳥ではありません。ほれぼれと歌ひ耽るにはあまりにリアリストです。私は思ひます。常に雀の観る現世の実相と云ふものは決して空疎な幻惑的のものでは無いと。

既に彼等は此の現世に活きてゐます。彼の極楽浄土の迦陵頻迦のやうな霊妙音を、雀が所有しないとしたところで、それは少しも悲しむ可きではありません。寧ろ、現世の雀は現世の雀の声で、しみじみと鳴いてゐた方が無論仕合せです。

雀は恭順で、真実です。切々とお話してゐます。何の蠱惑も無い代りに些の虚飾もありません。だから、彼の仏蘭西辺の浮かれ小鳥のやうに婉囀たる美音に世の驕楽児を悩殺したり、軽快な、而もよく廻るアクセントで、円く咽喉をころがしたりようしません。為ないのでなく、できないのです。あの嘴の黄色い小意気なカナリヤ嬢の軽薄は雀の思ひもつかぬ事です。雀は無骨です。時としては恐ろしいほどの沈黙家《むっつりや》です。

雀はまた夜の小鳥では無い事です。昼の小鳥です。拝日教徒です。現実の生活を真の生活として、真剣に生き、生きて輝く茶色の小坊主です。此の雀に春の月夜の鶯《ナイチンゲエル》たれと強ふるのは皮肉過ぎます。雀は野暮です。此の雀にあの燃え立つやうな妖艶な口説が歌へたら、それこそ百姓屋の堅麺麭が紅い薔薇の花に変るでせう。

雀は確実に昼の小鳥です。無論梟や仏法僧の、悪魔的若くは幽魂的な物凄い外道ではありません。彼は快活で、正直です、明けつ放しです、がさつで性急です、ちゆちゆちゆつちゆです、露骨《むきだし》です、企らみません、覆面しません、蔭から嗤ひません、闇から闇へと羽搏ちません。雀は紅い大きな太陽の子です。雀の一日は明るい一日です。彼の頭上には、蒼穹の円天井と無限の光明とがあるばかしです。

尤も、雀も、時として雀の世を厭ひます、雀を厭ひます、悲みは悲みとして真実に諦観はします。然し、悲んでも破りません。雀の心臓は真つ赤です。雀の胃嚢は強靭です。雀の搏力は彼以上です。それがまた如何なる時にも、彼を絶望と倦怠の底から救ひ出さずにはおかないのです。極端に云へば雀は徹頭徹尾が楽天家です。だから雀の多くはまた、翠帳紅閨の艶語や怨嗟や、若くは五色の酒を麦稈の管で吸ひ分ける浅い少年の感傷にも向きません。又は一所不住の旅の沙門にもふさひません。あまりに現世的です。陸奥《みちのく》の善治鳥《うとうやすかた》、血に啼く子規、さういふ哀切極まる鳥の言葉を、あの活潑な小坊主共に強ふるのは違ひます。

雀の話声は全く農民のやうに明けつ放しで、樸訥です。全く「雀の寄り合《あひ》ちいちいぱあぱあ」です。肥料くさい田舎の講中です。で無ければ、姦ましい裏長屋の井戸端会議です。亢ずると米暴動の集りともなります。そこは人間とよく似てゐます。あまりに人間とよく似てゐます。珍重がられる筈は無いのです。

その代りにまた、雀は雀で自由です。高貴な異鳥視されないだけ、裏の小藪で羽ばたけます。

＊

第三に、雀は人間の家禽としての資格は毫末もない事です。

雀は可なり害虫を喙みます、それで或は益鳥とは云へるかも知れません。然し、時とすると随分の邪魔者です、悪戯屋です、憎まれっ子です、貧乏人泣かせです。私の知つてゐる葛飾の貧しい百姓の一人なぞは、つくづくと滾してゐたのです。一朝遅くでも起きると、もう田圃のお米が一反歩に五升位は雀に喰べられて了ふと云ふのです。所謂千羽雀と云ふ奴で、さうした秋の収穫時なぞは千羽も二千羽も群るので溜りません。

のみならず、雀は直接には何一つ人間の利殖になる小鳥では無い事です。人間の我慾の深い事はその忠実の家禽の為めには、日となく夜となく飼料を吟味したり、竹の囲ひを繕つたり、寝藁を温めたり、羽虱を検べたり、それは丹念なものです。雀は幸に此の深切な愛情から放たれて自由なものです。無論、鶏の卵は主として人間の血になつて了ひますが、雀の卵からは可哀いい小さな雀の子が生れるだけです、単純なものです。

＊

畢竟するに、雀は観賞的な小鳥でも無ければ、利殖的な家禽でもない事です。それが却て雀の為めには身の仕合となつて、自由に自分の蒼穹を蒼穹として飛び翔れます。それは嬉しい。

悪く云へば、この雀といふ小坊主が中々です。ただ、頑固な、寒がりやの、寂しがりやの、我儘者の、憎まれ小僧に過ぎないのです。唯の凡倉です。平俗な、がさつな土民です。まだ充分に目の覚めない日本の民衆のやうなものです。さうして又、あまりに沢山《どつさり》居過ぎます。人間が大して気にかけないのは当り前です。

それでゐて、雀が人間を恋しがる事は非常です。だからあまり五月蠅く附き纏ふと、強慾な糊つけ婆から、大切な赤いお舌などをチヨン切られて了ひます。さうして泣き泣き元のお宿に帰らねばならなくなります。

一方から云へば、雀の民衆的なところが、華奢でなく艶冶でないところが、存外人間の目にも立たなければ、却てまた、何時まで経つても飽きられない所以かと思ひます。

三

忘れねばこそ思ひ出さずと云ふ事があります。雀の声、雀の姿は、昔から永世、人間が見馴れ聞き馴れてゐます。思ひ出しもしなければ忘れられるものでもありません。雀と人間と、今更らしく、チヤホヤチヤホヤと、持て囃すにはあまりに水入らずのお仲間です。それは昔から、異体同心の寄り合所帯だつたのです。

雀の偉い事には（ちと褒めて置きませう。）雀は雀で立派に、団体的、若くは家族的の生活を営んでゆけるのです。たとへ軒下は拝借しても、穀類や少々の食料は黙つて頂いても、決して人間様に厄介はかけません。悧巧な家禽のやうに全然隷属しなければ自分の始末にも困ると云ふ意久地なしではありません。雀は立派に人間と対等的な資格ある生活を保持してゆけます。さうして即かず離れずに人間とは並々ならぬ親しい交睫《めまぜ》をかはしてゆけます。

それは恰度、人間に取つても、あの米の飯見たいな味ひの深い交りなのです。この雀と人間との情愛は、調子は弱くても、淡白でも、古くなればなるほど、嚙みしめれば嚙みしめるほど、何とも云へぬ親身の味ひを感じさせるのです。温かさを感じさせるのです。千年経つても、二千年経つても、それは終始渝《かは》る事の無い寄り合所帯の親しさなのです。その愛は米の飯です。永遠の醍醐味です。一時限りの大牢の滋味ではありません。

四

雀は人間と対等の生活こそしてゐますが、而も人間を離れては、どうにも生活のできない小鳥です。

雀の人間くさい事はその起居振舞にもわかります。雀は滑稽なほど寂しがりやです。さうして因循です。時とすると無智なほど執拗です、年寄臭い、かと思ふと卑屈で、未練が深い。それが為めに家族的で、祖先崇拝で、代々墳墓の地にばかり齧じりついてゐます。人間ならば家系家門のみを重んじて、新世界開拓の覇気も起業心も失せ果てた地方の古老にもよく似てゐます。だが著実で、堅固で、正しい事も確かです。御覧なさい。雀は決してその巣を忘れません。忘れて高く飛べもしなければ、遥かに翔つて、その居を移す事もようしません。

春先きになると、紺と白との燕尾服に赤のネクタイをかけた旅音楽師の燕が、遥々と海を渡つて来ます。然し、雀は彼等の伴侶ではありません。

秋口になると、赤い夕焼の空を一羽二羽と、ジプシイの渡り鳥の群が高く翔つて来ます。然し、雀は彼等の伴侶ではありません。

または年が年中、奥山の灌木林で、鶯や頬白の鳴声ばかり真似てゐた、あの山窩の鶍が、愈々饑《ひも》じくなると火のつくやうに里へ下りて来る晩秋の頃にも、雀はやはり雀で変りません。

雀はまた、塵寰を離れた高山の吹雪に翼を飜したり、鈴蘭や、虫取菫の冷たい露霜を含んだり、硫黄くさい旧噴火口の岩壁に巣を作つたりする岩燕の寂しい生活には堪へられません。

雀は煤煙や塵埃にまみれ羽ばたき乍らも、人間の生活から離れてゆける小鳥ではないのです。雀は現世の小鳥です。五濁悪世の小鳥です。而も土着の民族です。だから、彼は年が年中同じ人家の軒下にばかり噛じりついてゐます。彼は人里離れて生きてゆけないばかりでなく、一旦巣を作れば、容易に其処を動けない田舎びとの頑固さをも持つてゐて、それは堅物の律義者なのです。殊に軒並に同じ身寄ばかりで住まないでは安心できないと見えて、瓦の一枚一枚毎に一夫婦宛、次ぎ次ぎに同族ばかりが首を引込めたり飛び出したりしてゐます。まるで人間とおんなじです。いや、人間よりもまだ肉親の愛情が深いかも知れません。

　この雀の土着の心の根強いには驚きます。大地を愛する事己れを愛するが如しと云ふ露西亜の農民その儘です。彼等は決して水草を追うて諸処を漂泊して歩るく世界人ではありません。元より、あの破れマンドリンを掻き鳴らして、末はいづくで果てるとも知らず、明日《あした》は明日《あした》の風が吹くと云ふやうな自棄くそなボヘミヤンの心なぞには、どうしてなれますものか、あの一徹者の雀が。

五

人間のゐる処には必ず雀はゐます。雀のゐる処には必ずまた、人間はゐます。

殊に古くから人間の住ひしてゐる処には、必ず雀も古びてゐます。一つの里があれば、その里には必ず、人間にも草わけの一人の祖先があつた如く、雀にも草わけの雀といふものが、必ず一羽はあつた筈です。人間の血脈が古くなればなるほど、雀の血脈も古くなつて、相共に、その親しさの度も深くなるばかしです。で無くて、飽きも飽かれもせぬといふ、隔てのない水入らずの情愛が、さう続いて行けませうか。今は雀も人間も意識しないで、無心に目と目を見合せてゐますが、いざとなると、何としても離れがたない懐かしさが胸を突きあげて来ます、雀にも人間にも。

2

可憐の言葉

誕生日

クリスティナ・ロセッティ／羽矢謙一訳

わたしのこころは　濡れた若枝に
巣をかけて　歌うたう小鳥のよう
わたしのこころは　枝もたわわに
鈴なりのりんごの木のよう
わたしのこころは　のどかな海に
水遊びする虹いろの貝のよう
わたしのこころは　それにもましてうれしい
わたしの恋びとが来たのです
絹と羽毛の高座をこしらえて

紋章と紫を染めた布をかけ
鳩とざくろと　たくさんの羽模様をつけた
くじゃくの姿をきざんでください
金と銀のぶどう　木の葉　銀いろの
いちはつの模様で飾ってください
わたしのいのちの誕生日が来たのです
わたしの恋びとが来たのです

「日記」から

知里幸恵

大正十一年六月一日

目がさめた時、電燈は消えていてあたりは仄薄暗かった。お菊さんが心地よげにすやすやと寝息をたてていた。今日は六月一日、一年十二ケ月の中第六月目の端緒の日だ。私は思った。此の月は、此の年は、私は一たい何を為すべきであらう……昨日と同じに机にむかってペンを執る、白い紙に青いインクで蚯蚓《みみず》の這い跡の様な文字をしるす……ただそれだけ。ただそれだけの事が何になるのか。私の為、私の同族祖先の為、それから……アコロイタクの研究とそれに連る尊い大事業をなしつつある先生に少しばかりの参考の資に供す為、学術の為、日本の国の為、世界万国の為、……何という大きな仕事なのだろう……私の頭、小さいこの頭、その中にある小さいものをしぼり出して筆にあらわす……ただそれだけの事が——私は書かねばならぬ、知れる限りを、生の限りを、書かねばならぬ。——輝かしい朝——緑色の朝。朝食の時、中條百合子さんの文章から、術レ芸と実生活、金持の人の文章に謙遜味のない事などを先生がお話しなすった。

芸術と云うものは絶対高尚な物で、親の為、夫の為、子の為に身を捧げるのは極低い生活だというのが百合子さんの見解だという。「しかし芸術が高尚な尊い物であるのとおなじく、家庭の実生活も絶対に尊い物である事にまだ気がつかないのはまだ百合子さんが若いのだ、かわいそうに……」と先生は、若い彼の女をいじらしいものの様にしみじみと仰る。私ハよそ事ではないと思った。胸がギクリとした。私には芸術って何だかよくはわからないが……。

それから、百合子さんは、あまりに順境に育ったので、人生は戦いである事を知らずに物見遊山と心得ている……というお話もあったが、わかった様なわからない様な気がした。

喜びも悲しみも苦しみも楽しみも、すべてが神様の私にあたえ給う事なのだ。私に相応しくない物を神様は私にあたえ給う筈はない。だから私はあたえられる物を素直に喜んでいただかなければならない。不平、それは、神を拒否する事ではないか。感謝、感謝！

罪を犯して罰をのがれようとは虫のいい話。仕事を持ち出して奥様やおきくさんとお裁縫をする。奥様は昨夜の寝不足で今日は御気分がすぐれないとの事、夢さえ見ずにグッスリと寝入った私は、何だかしら、済まない様な気分が起った。何卒《なにとぞ》奥様に安眠があたえられます様に……と祈らずには居られない気になった。

赤ちゃんが今日は大へん御きげんがよい。奥様の為に、先生の為に、赤ちゃん御自身の為に、坊ちゃん、おきくさんの為にも赤ちゃんの健康がほんとうに望ましい事。「弱い女が主婦になるのは罪だ。子供の為、夫の為、自分の為に最大の不幸だ」と奥様が仰る。何たる悲痛の言葉ぞ。私は直ぐに打消してそれに代るよろこびの言葉を見つけようと思ったが不能であった。だって私は常日頃ちょうど奥様とおんなじ心持でいたのだから……。奥様は最も深刻にその経験をなされたのだ。私は……これから、その生活にはいろうとしている。自分の弱い事を知りつつそうした生活に入るのは罪かしら……。罪だとしたら私は何《ど》うすればよいのだろう……。

私は申上げたい。

おいとしい奥様、何うぞ安心して夫の君の愛におすがり遊ばせ。あのおやさしい美しい旦那様はあれ程貴女を愛して貴女を支えていらっしゃるぢゃありませんか。奥様は幸福でいらっしゃる。旦那様の愛は即ち神様の愛、神様の力ではありますまいか、と。

今度少し裁縫をなさいと奥様が仰った。嬉しい事。英語が難かしくなったのが嬉しかった。明朝の復習がたのしみ。麗らかなみどりの日はこれで終る。

蠅を憎む記

泉鏡花

上

いたづら為《し》たるものは金坊《きんばう》である。初《はじ》めは稗蒔《ひえまき》の稗《ひえ》の、月代《さかやき》のやうに素直《すなほ》に細《こまか》く伸《の》びた葉尖《はさき》を、フツ〳〵と吹《ふ》いたり、臈《らふ》たけた顔《かほ》を斜《なな》めにして、金魚鉢《きんぎよばち》の金魚《きんぎよ》の目《め》を、左《ひだり》から、又右《またみぎ》の方《はう》から視《なが》めたり。

やがて出窓《でまど》の管簾《くだすだれ》を半《なか》ば捲《ま》いた下《した》で、腹《はら》ンばひに成《な》つたが、午飯《おひる》の濟《す》んだ後《あと》で眠氣《ねむけ》がさして、くるりと一《ひと》ツ廻《まは》つて、姊《あね》の針箱《はりばこ》の方《はう》を頭《つむり》にすると、足《あし》を投《な》げて仰向《あをむき》になつた。

目《め》は、ぱつちりと睜《みひら》いて居《ゐ》ながら、敢《あへ》て見《み》るともなく針箱《はりばこ》の中《なか》に可愛《かはい》らしい悪戯《いたづら》な手《て》を入《い》れたが、何《なに》を捜《さが》すでもなく、指《ゆび》に當《あた》つたのは、ふつくりした絲巻《いとまき》であつた。

之《これ》を指《ゆび》の尖《さき》で撮《つま》んで、引《ひつ》くり返《かへ》して、引出《ひきだし》の中《なか》で立《た》てて見《み》た。

然《さ》うすると、弟《おとうと》が柔《やはら》かな足《あし》で、くる〳〵遊《あそ》び廻《まは》る座敷《ざしき》であるから、萬一《まんいち》の過失《あやまち》あらせまい爲《ため》、注意深《ちういぶか》い、優《やさ》しい姉《あね》の、今《いま》しがた店《みせ》の商賣《あきなひ》に一寸部屋《ちよいとへや》を離《はな》れるにも、心《こころ》して深《ふか》く引出《ひきだし》に入《い》れて置《お》いた、剪刀《はさみ》が一所《いつしよ》になつて入《はひ》つて居《ゐ》たので、絲巻《いとまき》の動《うご》くに連《つ》れて、夫《それ》に結《いは》へた小《ちひ》さな鈴《すず》が、ちりんと幽《かすか》に云《い》ふから、幼《いとけな》い耳《みみ》に何《なに》か囁《ささや》かれたかと、弟《おとうと》は丸々《まるまる》ツこい頰《ほほ》に微笑《ほほゑ》んで、頷《うなづ》いて鳴《なら》した。

鳴《な》るのが聞《きこ》えるのを嬉《うれ》しがつて、果《はて》は烈《はげ》しく獨樂《こま》のやう、絲巻《いとまき》はコトコトとはずんで、指《ゆび》をはなれて引出《ひきだし》の一方《いつぱう》へ倒《たふ》れると、鈴《すず》は又一《またひと》つチリンと鳴《な》つた。小《ちひさ》な胸《むね》には、大切《たいせつ》なものを落《おと》したやうに、大袈裟《おほげさ》にハツとしたが、ふと心着《こころづ》くと、絹絲《きぬいと》の端《はし》が有《あ》るか無《な》きかに、指《ゆび》に挾《はさま》つて殘《のこ》つて居《ゐ》たので、うかゞひ、うかゞひ、密《そつ》と引《ひ》くと、絲巻《いとまき》は、ひらりと面《おもて》を返《かへ》して、絲《いと》はする〳〵と手繰《たぐ》られる。手繰《たぐ》りながら、斜《ななめ》に、寝轉《ねころ》んだ上《うへ》へ引《ひ》き〳〵、頭《かうべ》をめぐらして、此方《こなた》へ寝返《ねがへり》を打《う》つと、絲《いと》は左《ひだり》の手首《てくび》から胸《むね》へかゝつて、宙《ちう》に中《なか》だるみ爲《し》て、目前《めさき》へ來《き》たが、最《も》う眠《ねむ》いから何《なん》の色《いろ》とも知《し》らず。

自《みづか》ら其《それ》を結《むす》んだとも覺《おぼ》えぬに、宛然絲《さながらいと》を環《わ》にしたやうな、萌黄《もえぎ》の圓《まる》いのが、ちら〳〵一《ひと》ツ見《み》え出《だ》したが、見《み》る〳〵紅《くれなゐ》が交《まじ》つて、廻《まは》ると紫《むらさき》になつて、颯《さつ》と碎《くだ》け、三《みつ》ツに成《な》つたと見《み》る内《うち》、八《や》ツになり、六《む》ツになり、散々《ちりぢり》にちらめいて、忽《たちま》ち算無《さんな》く、其《そ》の紅《くれなゐ》となく、紫《むらさき》となく、綠《みどり》となく、あらゆる色《いろ》が入亂《いりみだ》れて、上《うへ》になり、下《した》になり、右《みぎ》へ飛《と》ぶかと思《おも》ふと左《ひだり》へ躍《をど》つて、前後《ぜんご》に飜《ひるがへ》り、また飜《ひるがへ》つて、瞬《またたき》をする間《ま》も止《や》まぬ。

此《こ》の輕《かる》いものを戰《そよ》がすほどの風《かぜ》もない、夏《なつ》の日盛《ひざかり》の物靜《ものしづ》けさ、其《そ》の癖《くせ》、こんな時《とき》は譬《たと》ひ耳《みみ》を押《おツ》つけて聞《き》いても、金魚《きんぎよ》の鰭《ひれ》の、水《みづ》を搔《か》く音《おと》さへせぬのである。

さればこそ烈《はげ》しく聞《きこ》えたれ、此《こ》の兒《こ》が何時《いつ》も身震《みぶるひ》をする蠅《はへ》の羽音《はおと》。

唯同時《とどうじ》に、劣等《れつとう》な蟲《むし》は、ぽつりと點《てん》になつて目《め》を衝《つ》と遮《さへぎ》つたので、思《おも》はず足《あし》を縮《ちぢ》めると、直《ただち》に搔《か》き消《け》すが如《ごと》く、部屋《へや》の片隅《かたすみ》に失《う》せたが、息《いき》つく隙《ひま》もなう、流《なが》れて來《き》て、美《うつく》しい眉《まゆ》の上《うへ》。

留《と》まると、折屈《をりかが》みのある毛《け》だらけの、彼《か》の恐《おそ》るべき脚《あし》は、一《ひと》ツ一《ひと》ツ蠢《うごめ》き始《はじ》めて、睫毛《まつげ》を數《かぞ》へるが如《ごと》くにするので、豫《かね》て優《やさ》しい姊《あね》の手《て》に育《そだ》てられて、然《さ》う爲《し》た事《こと》のない眉根《まゆね》を寄《よ》せた。

堪《た》へ難《がた》い不快《ふくわい》にも、餘《あま》り眠《ねむ》かつたから手《て》で拂《はら》ふことも爲《せ》ず、顏《かほ》を横《よこ》にすると、蠅《はへ》は辷《すべ》つて、頰《ほほ》の邊《あたり》を下《した》から上《うへ》へ攀《よ》ぢむと爲《す》る。

這《は》ふ時《とき》の脚《あし》には、一種《いつしゆ》の粘糊《ねばり》が有《あ》るから、氣《け》だるいのを推《お》して拂《はた》くは可《い》いが、惡《わる》く掌《てのひら》にでも潰《つぶ》れたら何《ど》うせう。

下

其時《そのとき》まで未《ま》だ些《ち》とは張《はり》の有《あ》つた目《め》を、半《なか》ば閉《と》ぢて、がつくりと仰向《あをむ》くと、之《これ》がため蠅《はへ》は頰《ほつ》ぺたを嘗《な》めて居《ゐ》た嘴《くちばし》から絲《いと》を引《ひ》いて、ぶう〳〵と鳴《な》いて飛上《とびあが》つたが、聲《こゑ》も遠《とほ》くには退《の》かず。

瞬《またたま》く間に翼《つばさ》を組《く》んで、黑點《こくてん》先刻《さつき》よりも稍《やや》大《おほ》きく、二《ふた》つが一《ひと》つになつて、衝《つ》と、細眉《ほそまゆ》に留《と》まると、忽《たちま》ちほぐれて、びく〳〵と、ずり退《の》いたが、入交《いりまじ》つたやうに覺《おぼ》えて、頰《ほほ》の上《うへ》で再《ふたた》び一《ひと》ツ一《ひと》ツに分《わか》れた。

其《そ》の都度《つど》ヒヤリとして、針《はり》の尖《さき》で突《つ》くと思《おも》ふばかりの液體《えきたい》を、其處此處《そこここ》滴《した》らすから、幽《かすか》に覺《おぼ》えて居《ゐ》る種痘《しゆとう》の時《とき》を、胸《むね》を衝《つ》くが如《ごと》くに思《おも》ひ起《おこ》して、毒《どく》を射《さ》されるかと舌《した》が硬《こは》ばつたのである。

まあ、何處《どこ》から襲《おそ》つて來《き》たのであらうと考《かんが》へると、……其《それ》では無《な》いか。店《みせ》へ來《く》る客《きやく》の中《なか》に、過般《いつか》、眞桑瓜《まくはうり》を丸《まる》ごと嚙《かじ》りながら入《はひ》つた田舍者《ゐなかもの》と、それから歸《かへ》りがけに酒反吐《さけへど》をついた紳士《しんし》があつた。其《そ》の事《こと》を謂《い》ふ毎《ごと》に、姉《あね》は面《おもて》を蔽《おほ》ふ習慣《ならひ》、大方《おほかた》其《そ》の者等《ものら》の身體《からだ》から姉《あね》の顏《かほ》を掠《かす》めて、暖簾《のれん》を潛《くぐ》つて、部屋《ここ》まで飛込《とびこ》んで來《き》たのであらう、……其《それ》よ、謂《い》ひやうのない厭《いや》な臭氣《にほひ》がするから。

と思《おも》ふ、愈々胸《いよいよむね》さきが苦《くる》しくなつた。其《それ》に今《いま》がつくりと仰向《あをむ》いてから、天窓《あたま》も重《おも》く、耳《みみ》もぼつとして、氣《き》が遠《とほ》くなつて行《ゆ》く。――

焦《じ》れるけれども手《て》はだるし、足《あし》はなへたり、身動《みうご》きも出來《でき》ぬ切《せつ》なさ。

何を!これしきの蟲《むし》と、苛《いら》つて、恰《あたか》も轉《ころが》つて來《き》て、下《した》まぶちの、まつげを侵《をか》さうとするのを、現《うつつ》にも睨《ね》めつける氣《き》で、屹《きつ》と瞳《ひとみ》を据《す》ゑると、いかに、普通見馴《ふつうみな》れた者《もの》とは大《おほ》いに異《ことな》り、一《ひと》ツは鐵《くろがね》よりも固《かた》さうな、而《そ》して先《さき》の尖《とが》つた奇《き》なる烏帽子《ゑぼし》を頭《かしら》に頂《いただ》き、一《ひと》ツは灰色《はひいろ》の大紋《だいもん》ついた素袍《すはう》を着《き》て、いづれも蟲《むし》の顔《つら》でない。紳士《しんし》と、件《くだん》の田舎漢《ゐなかもの》で、外道面《げだうづら》と、鬼《おに》の面《めん》。――醜悪絶類《しうあくぜつるゐ》である。

「あ、」と云《い》つたが其《そ》の聲咽喉《こゑのんど》に沈《しづ》み、しやにむに起《お》き上《あが》らうとする途端《とたん》に、トンと音《おと》が、身體中《からだぢう》に響《ひび》き渡《わた》つて、胸《むね》に留《とま》つた別《べつ》に他《た》の一疋《ぴき》の大蠅《おほばへ》が有《あ》つた。小兒《こども》は粉米《こごめ》の團子《だんご》の固《かた》くなつたのが、鎧甲《よろひかぶと》を纏《まと》うて、上《うへ》に跨《またが》つたやうに考《かんが》へたのである。

疊《たたみ》の左右《さいう》に、はら〳〵と音《おと》するは、我《われ》を襲《おそ》ふ三疋《びき》の外《ほか》なるが、なほ、十《とを》ばかり。

其《そ》の或者《あるもの》は、高波《たかなみ》のやうに飛《と》び、或者《あるもの》は網《あみ》を投《な》げるやうに驅《か》け、衝《つ》と行《ゆ》き、颯《さつ》と走《はし》つて、恣《ほしいまま》に姉《あね》の留守《るす》の部屋《へや》を暴《あら》すので、惱《なや》み煩《わづら》ふものは單小兒《ただこども》ばかりではない。小簞笥《こだんす》の上《うへ》に飾《かざ》つた箱《はこ》の中《なか》の京人形《きやうにんぎやう》は、蠅《はへ》が一齊《いつせい》にばら〳〵と打撞《ぶつか》るごとに、硝子《がらす》越《ごし》ながら、其《そ》の鈴《すず》のやうな美《うつく》しい目《め》を塞《ふさ》いだ。……柱《はしら》かけの花活《はないけ》にしをらしく咲《さ》いた姫百合《ひめゆり》は、羽《はね》の生《は》えた蛆《うじ》が來《き》て、こびりつく毎《ごと》に、懈《た》ゆげにも、あはれ、花片《はなびら》ををのゝかして、毛一筋《けひとすぢ》動《うご》かす風《かぜ》もないのに、弱々《よわよわ》と頭《かぶり》を掉《ふ》つた。弟《おとうと》は早《は》や絶入《たえい》るばかり。時《とき》に、壁《かべ》の蔭《かげ》の、晝《ひる》も薄暗《うすぐら》い、香《かう》の薫《かをり》のする尊《たふと》い御厨子《みづし》の中《なか》に、晃然《きらり》と輝《かがや》いたのは、妙見宮《めうけんぐう》の御手《おんて》の剣《つるぎ》であつた。

一疋《ぴき》、ハツと飛退《とびしさ》つたが、ぶつ〳〵といふ調子《てうし》で、

「お刀《かたな》の汚《けが》れ、お刀《かたな》の汚《けが》れ。」と鳴《な》いた。

また氣勢《けはひ》がして、佛壇《ぶつだん》の扉細目《とびらほそめ》に仄見《ほのみ》え給《たま》ふ端嚴微妙《たんごんみめう》の御顔《おんかんばせ》。

蠅《はへ》は内々《ないない》に、

「觀音樣《くわんのんさま》、お手《て》が汚《よご》れます。」

「けがれ不浄《ふじやう》のものでござい。」

「不浄《ふじやう》のものでござい。」

と呟《つぶや》きながら、さすがに恐《おそ》れて靜《しづ》まつた。が、暫時《しばらく》して一個《ひとつ》厭《いや》な聲《こゑ》で、

「はゝゝゝはゝ、いや、恁又《かうまた》ものも汚《きたな》うなると、手《て》がつけられぬから恐《おそ》るゝことなし。はゝはゝこら、何《ど》うぢやい。」と、ひよいと躍《をど》つた。

トコトン〳〵、はらり〳〵、くるりと廻《まは》り、ぶんと飛《と》んで、座《ざ》は唯蠅《ただはへ》で蔽《おほ》はれて、

果《はて》は夥《おびただ》しい哉渦《かなうづま》く中《なか》に、幼兒《をさなご》は息《いき》が留《とま》つた。

恰《あたか》も可《よ》し、中形《ちうがた》の浴衣《ゆかた》、繻子《しゆす》の帶《おび》、雪《ゆき》の如《ごと》き手《て》に團扇《うちは》を提《さ》げて、店口《みせぐち》の暖簾《のれん》を分《わ》け、月《つき》の眉《まゆ》、先《ま》づ差覗《さしのぞ》いて、

「おゝ、大變《たいへん》な蠅《はへ》だ。」

と姉《あね》が、しなやかに手《て》を振《ふ》つて、顏《かほ》に觸《さは》られまいと、俯向《うつむ》きながら、煽《あふ》ぎ消《け》すやうに、ヒラヒラと拂《はら》ふと、そよ〳〵と起《おこ》る風《かぜ》の筋《すぢ》は、佛《ほとけ》の御加護《おんかご》、おのづから、魔《ま》を退《しりぞ》くる法《はふ》に合《かな》つて、蠅《はへ》の同勢《どうぜい》は漂《ただよ》ひ流《なが》れ、泳《およ》ぐが如《ごと》くに、むら〳〵と散《ち》つた。

座《ざ》に着《つ》いて、針箱《はりばこ》の引出《ひきだし》から、一絲《いつし》其《そ》の色《いろ》紅《くれなゐ》なるが、幼兒《をさなご》の胸《むね》にかゝつて居《ゐ》るのを見《み》て、

「いたづらッ兒《こ》ねえ。」と莞爾《につこり》、寢顏《ねがほ》を優《やさ》しく睨《にら》むと、苺《いちご》が露《つゆ》に艶《つやや》かなるまで、朱《しゆ》の脣《くちびる》に蠅《はへ》が二《ふた》つ。

「酷《ひど》いこと！」と柳眉《りうび》逆立《さかだ》ち、心激《こころげき》して團扇《うちは》に及《およ》ばず、袂《たもと》の尖《さき》で、向《むか》うへ拂《はら》ふと、怪《あや》しい蟲《むし》の消《き》えた後《あと》を、姉《あね》は袖口《そでくち》を噛《か》んで拭《ふ》いて遣《や》りながら、同《おな》じ針箱《はりばこ》の引出《ひきだし》から、二《ふた》つ折《をり》、笹色《ささいろ》の紅《べに》の板《いた》。

其《そ》れを紅差指《べにさしゆび》で弟《おとうと》の脣《くちびる》に。

一寸四邊《ちよいとあたり》を眴《みまは》して又脣《またくちびる》に。

花《はな》の薫《かをり》が馥郁《ふくいく》として、金坊《きんばう》は清々《せいせい》して、はツと我《われ》に返《かへ》つた。あゝ、姉《あね》が居《ゐ》なければ、少《すくな》くとも煩《わづら》つたらう。

悼詩

室生犀星

ボンタン実る樹のしたにねむるべし
ボンタン思へば涙は流る
ボンタン遠い鹿児島で死にました
ボンタン九つ
ひとみは真珠
ボンタン万人に可愛がられ
いろはにほへ　らりるれろ
ああ　らりるれろ
可愛いその手も遠いところへ
天のははびとたづね行かれた

あなたのおぢさん
あなたたづねて　すずめのお宿
ふぢこ来ませんか
ふぢこ居りませんか

聖家族

小山清

ヨセフは牛の頸に繋ぐ軛《くびき》をこしらへてゐた。すると、傍《かたはら》の寝床の中で眠つてゐた息子のイエスが目をさまして、泣声をたてた。この寝床は、イエスがベツレヘムの馬小屋で生れたときに寝床の代りをした馬槽《うまぶね》に模《かたど》つて、ヨセフがこしらへたものであつた。ヨセフは手にしてゐた鋸を置いて、寝床のうへに屈んで、息子の顔を覗いた。イエスは父親の顔を認めて、泣きやんだ。ヨセフがあやすと、イエスは可愛い靨を顔に刻んで笑つた。口もとが綻んで、もはや充分に発育した二本の可愛い下歯が見えた。ヨセフはイエスの目の中を覗き込んだ。イエスの目の中にヨセフの髯づらが小さく小さく縮小されて映つてゐる。ヨセフにはそれがなにかの奇蹟を見るやうな気がした。ヨセフは自分の息子の目の中の自分の髯づらに挨拶するやうにうなづいた。イエスは頻りに顔を動かし、寝床から軀を乗出すやうにしたが、ふとまたべそを搔いた。母親を尋ねてゐるのである。ヨセフが指で頰をなでると、瞬間機嫌を直したが、またすぐ泣顔になつた。ヨセフは腕にイエスを抱きとつて、その頰に接吻した。それはわが子を抱いたときに、いつも彼を襲ふ衝動であつた。イエスは口をきつく結んで、強く首をふつて、父親の愛撫にいやいやをした。頰に押しつけられたヨセフの髯が痛かつたからである。

「坊や。外《おんも》へ行かうね。」

ヨセフはイエスを抱いて門口を出た。満八ケ月になるイエスの軀は重く抱きごたへがあつた。ヨセフはそのわが子の軀を、その勤勉な性質を語り顔な大きな節榑《ふしくれ》立つた掌に受けた。ふだんイエスは外に出ることが好きだつた。おなかが空いてむづかつてゐるやうなときでも、外に連出すとすぐに機嫌をよくした。

戸外は夏の夕ぐれであつた。こゝガリラヤのナザレの町は、いくつかの小高い丘にとりまかれた平和な谷間《たにあひ》にある。聖書に「なんぢの頭《かしら》はカルメルのごとく」と女の頭髪をほめる譬に引かれたカルメルの山の濃緑に蔽はれた美しい山容も、彼方に見える。いま夕陽はその山の背に沈みかけ、家々にはちらりほらりと灯火が点きはじめた。

彼方から鈴の音が聞えてきて、やがて羊飼の少年が羊の群を追つて野から帰つてくるのに行逢つた。少年はヨセフを見かけて、挨拶した。

「こんばんは。」

「こんばんは。」

ヨセフはその髯づらに柔和な微笑を浮べてうなづいた。イエスは羊の群の後を目で追ふやうに、また羊の頸に下げた鈴の音の響を耳で追ふやうに、ヨセフの岩乗な肩ごしに暫時うしろを向いてゐた。

水瓶を頭に載せた農婦がやつてくるのを見かけ、ヨセフはいゝ隣人らしい快活な声を出した。

「うちのかみさんを見かけなかつたかね。」

「見たともさ。マリヤさんなら水汲場にゐるよ。」

農婦はその陽焼けした頰に人の好い微笑を浮べて云つた。イエスは農婦の方に手をのべて愛想笑ひをした。イエスはこの頃日ましに智慧がつき、表情もゆたかになつた。

「ご機嫌さん。父ちやんに抱つこして。ヨセフさん、坊やはあんたにそつくりだね。まあ、可愛いお掌《てゝ》をして、この花びらのやうな口つたら。」

農婦は歌ふやうな口調で云つた。ヨセフはくすぐつたい気持がした。農婦の言葉は、どんな祝福の言葉にもまさつて、父親としての彼の心を温めてくれた。農婦に別れてからも、ヨセフはそのわが子に対する素朴な讃辞を、いくたびとなく胸の中で反芻した。農婦の言葉を確めるやうに、イエスの顔に見入りながら。

やがて親子は水汲場に来た。淡い暮色の中に、水瓶を足もとに置いて井戸の傍に佇んでゐるマリヤの姿が見えた。ヨセフの胸に、戸外で家族の者を見かけた折りに起る、あの親密な感情が湧いた。結婚して二年になるが、この篤実な職人はいつまでもその感情に馴れることが出来なかつた。イエスは母親の姿を見て、喜びの声をあげ、父親の腕から軀を乗出すやうにした。若い夫婦は目を見交して笑ひ合つた。

マリヤはイエスを胸に抱きとつて、ヨセフの顔を窺つた。

「坊や、泣きましたか。」

ヨセフは云ひわけでもするやうにうなづいた。

「おなかが空いてきたんだらう。」

井戸の傍には臼形をした水鉢がある。そのわきに一匹の牡牛が繫がれてゐて、はげしい喉の渇きを癒さうとするらしく、さかんに水鉢の水を飲んでゐた。この柔和な動物も、一日の義務《つとめ》を終へたところなのだらう。

ヨセフは手をのばして牡牛の背をなでながら、マリヤに向つて、さも同意を促すかのやうに、

「この牛は似てゐるぢやないか。」

「似てゐるつて、なに、?」

「ほら、この子が生れたとき、馬小屋にゐたあの牡牛にさ。」

「まあ、お前さんたら。」マリヤは、ずつと後になつて多くのすぐれた画家たちが彼女の肖像のうへに描いた、あの優しい潤ひのある目をまるくして、「牛なんて、みんな似たり寄つたりですよ。」

「さう云つたものでもないさ。ごらん、この鼻づらのへんを。よく似てゐるぢやないか。おれは見覚えがあるんだ。」

さう云つて、ヨセフはその自分の冗談に自分からにやにやした。

「おもしろい父ちやんね。」

マリヤも笑つたが、一瞬彼女は、あの空一面に星々の輝いた、わが子の誕生の夜のことを思ひ浮べた。

ヨセフは水瓶を手にとつて提げ、妻子をかへりみた。

「さあ、お家へ帰らう。」

「あら、瓶はわたしが持ちますよ。」

「亭主が提げちや、みつともないか。い丶ぢやないか。けふがはじめてといふわけでもないし。」

マリヤが身重であつたとき、ヨセフは代りに水汲みをしたことがある。マリヤがイエスを身籠つたことを、はじめてヨセフに打明けたのも、この井戸のほとりであつた。そしてまた、ヨセフがはじめてマリヤの頭上に毫光を認めたのも、そのときであつた。そのときヨセフはマリヤの顔を見ながら、彼女がむかしから母親のやうな感じのする娘であつたことに気がついた。そして自分がマリヤに惹かれたのも、彼女のさういふ生れつきに対してだと思つた。その後もヨセフは折りにふれて、マリヤの頭上に毫光を見た。そしてその経験は彼の心を一層慎しみ深くした。彼はそのことをひとり胸に秘めて、誰にも語らなかつた。

次第に夕闇の濃くなつて行く中を、夫婦は家路を辿つた。マリヤはどちらかと云へば大柄な方で、ヨセフには似合ひな配偶である。もう立派に母親に成つた強壮な胸にイエスを抱いてゐる。

「ルツのかみさんが、坊やのことを、花びらのやうな口をしてゐるつてほめてくれた。」

「まあ、たいへんね。」

夫婦は声を合せて笑つた。折りから、駱駝や驢馬に乗つた都からの旅人が通り合せて、この睦じい「聖家族」のさまを珍しさうに、好ましさうに見て過ぎた。旅人の群が遠く彼方に行き過ぎてからも、鈴の余韻が聞えてゐた。

「坊やがもつと大きくなつたら、おれたちも都詣でをしようぢやないか。」

「さうですね。さつき水汲場で、ルツさんがこんなことを云ひましたよ。マリヤさんはユダヤまで戸籍登録に行つたのか、それとも子供を生みに行つたのかつて。」

「はゝゝ。あのかみさんも、貧乏世帯でもないやうなことを云ふぢやないか。おれたちの世渡りなんて、いつだつて窮《はつ》すれば通ずさ。」

マリヤは片手をイエスの軀から外して、並んでゐるヨセフの腕をそつと引寄せて、それにかるく自分の頬をよせた。——まあ、この人つたら、頼もしいことを云ふぢやないの。彼女の優しい目つきは彼女の心を語つてゐた。

やがて、わが家の門口に来た。

一家は夕飯の食卓を囲んだ。マリヤは自分も食べながらイエスに乳房を含ませた。イエスは片方の掌で母親の乳房を弄びながら、ごくごく音をさせて乳を飲んだ。ヨセフはパンを毟りながら、イエスのそのおませなさまを見てゐた。ふいにマリヤが顔を顰めて、イエスの口から乳房を離した。

「あ、痛い。坊やはまた嚙んだのね。」

「どうした。」

「上歯が生えかゝつてゐるんで、痈が起きるんでせうね。ごらんなさい、片方の歯茎が破れかけてゐるでしよ。」

マリヤは指でイエスの上唇をめくつた。ヨセフが見ると、なるほど薄く肉が裂けて歯らしいものが覗いてゐた。ヨセフは幼児の生理の見本を見るやうな気がした。思はず彼は独り笑ひを漏らした。

「お前さん、なにが可笑しいんです。」

「なんでもない。大人なんて煩はしいもんだ。おれたちはもつと神様を信仰しなければいけないよ。」

マリヤは黙つて、再びイエスに乳房を含ませた。

夕飯を仕舞つてから、マリヤはヨセフに云つた。

「今夜は夜業《よなべ》をしますか。」

「さうだな。夜業と云ふほどのこともないが、あの軛を仕上げてしまはうか。もう少しのところだから。」

「それがよござんすわ。」

やがてヨセフは仕事を済ませて、寝床の中にゐるイエスの守りをしながら、碾臼で小麦を粉にひいてゐるマリヤの傍に来た。イエスはヨセフが木切に刻んだ羊に模つた玩具を掌にして無心に遊んでゐた。

「ばかに大人しくしてゐるぢやないか。」

「坊やはこの玩具が気に入つたやうですよ。たまには大人しくしてくれないと、ほんとに息がつけませんよ。」

ヨセフは妻子の傍に椅子を寄せて、それに腰を下して、聖書を繙いた。これはヨセフの日課である。ヨセフはいつもこの神の言葉を声に出して読んだ。ひとつは女房に聞かせるためであつた。マリヤもそれを聞くことを好んだ。

「汝《なんぢ》らの地《ち》の穀物《こくもつ》を穫《かる》ときには汝等《なんぢら》その田野《たはた》の隅々《すみずみ》までを尽《ことごと》く穫《かる》べからず亦汝《またなんぢ》の穀物《こくもつ》の遺穂《おちぼ》を拾《ひろ》ふべからずまた汝《なんぢ》の菓樹園《くだものばたけ》の 菓《くだもの》 を取尽《とりつく》すべからずまた汝《なんぢ》の菓樹園《くだものばたけ》に落《おち》たる菓《くだもの》を歛《あつ》むべからず貧《まづ》しき者《もの》と旅客《たびびと》のためにこれを遺《のこ》しおくべし」

このくだりをヨセフは繰返し読んだ。自分の声に自分が引込まれるやうな気がした。マリヤは碾臼を廻しながら、亭主の声に耳を傾けてゐる。イエスは無心に羊の玩具を弄んでゐる。このとき、ヨセフの、マリヤの、そしてイエスの頭上にひとしく毫光が認められた。けれども、三人のうち誰一人それに気づいたものはゐなかつた。すると、誰かが門口の戸を叩く音が聞えた。ヨセフがそれを聞き咎めて聖書から顔をあげた。

と同時に、三人の頭上から毫光が消えた。

ヨセフは椅子から立上つて、門口の戸をあけた。そこには、見窄しい身なりをした一人の若者が立つてゐた。若者の顔つきにも、またその身のこなしにも疲労のかげが見えた。

「お前さん、旅の人だね。」

とヨセフは自分から声をかけた。若者はほつとしたやうにうなづいて、

「水を一杯もらへませんか。」

といかにも怖々した口調で云つた。

「まあ、お入り。」ヨセフは顔に隔意のない笑ひを浮べて、「おれはこんな髭づらはしてゐるが、まさかお前さんを捕つて食ひはしないから。」

若者は躊躇してゐたが、家の中へ入つた。若者はヨセフからすゝめられるまゝに椅子に腰かけ、そしてマリヤから水をもらつて飲んだ。若者の履いてゐる鞋《くつ》は破れ、その足は塵に塗れてゐる。ヨセフには若者の求めてゐるものが水だけでないことがわかつてゐた。

「お前さん、どこまで行くんだね。」

「エルサレムまで行くつもりなんですが。」

「それはたいへんだ。よかつたら、今夜はおれの家に泊つて行かないか。遠慮はいらないよ。」

「それはご親切に。実はどこか納屋でも見つけて潜り込まうと思つてゐたんですが。」

「生憎おれの家は大工だから納屋はない。こんな小さな部屋だが、お前さん一人の寝場所位は余つてゐる。まあ、鞋を脱いで足を洗はないか。草臥れが抜けるから。」

ヨセフはマリヤに云ひつけて桶に水を持つてこさせ、若者に足を濯がさせた。若者は夕飯の振舞も受けた。若者が食事をしてゐる間に、夫婦はイエスに湯をつかはした。ヨセフはマリヤが支へてゐるイエスの肉づきのいゝ肢体を、柔かい海綿で愛撫するやうにこすつた。イエスはいかにも気持よささうに親たちのするがまゝになつてゐた。若者は食事をしながら、それを見てゐた。

イエスが湯をつかつて寝間着に着換へ、寝床の中に入れられたときには、若者も食事を終へてゐた。若者はイエスの寝床を見て、ヨセフに云つた。

「親方さん。この寝床は馬槽のやうだね。」

「うん。馬槽だよ。」

それからヨセフは若者に向つてその由来を話した。戸籍登録をするために、既に産月になつてゐたマリヤを伴つてユダヤのベツレヘムまで行つたが、旅籠屋に泊ることが出来なくて、仕方なくとある馬小屋を見かけて一夜の宿を借りたところ、その夜イエスが生れたといふことを。

「羊飼の夫婦がこの子に産湯をつかはしてくれた。この世の中に生れてきてこの子はまづ馬槽に寝たんだよ。おれはこの子を腕のいゝ大工にしようと思つてゐる。」

若者はヨセフの話を聞いて感動した。人がこの世の中に生れてくるのにはいろんな仕方があるものだと思つた。それから、自分の身の上のことを思つた。自分がみなし児で寄辺のない身の上であることを。エルサレムへ行つたら、きつと堅気な職に就かうと若者は思つた。

「親方さん。坊やをおれに一寸抱かさせてくれないか。」

若者はイエスを膝に載せた。イエスは若者の顔を凝つと見つめた。後年、悩める者や重荷を負ふ者のうへに注がれたその眼差で。

夜中に、若者はふと目が覚めた。灯火の消えた暗い部屋の中に、ひととこ明りが見える。目を凝らして見ると、寝床の中のイエスの寝姿が、闇の中に幻のやうに浮き出してゐるのである。若者ははじめその光がどこから差してゐるのかわからなかつたが、すぐにそれがイエスの頭上にある毫光の照明であることに気づいて驚いた。それは云ふならば、レムブラントが描いたゆりかごの中に眠るイエスの画に見られるやうな効果を現出してゐた。イエスはすやすやと寝息を立て、眠つてゐる。若者は自分の目を疑ふやうに目をひとこすりし、そしてまたひとこすりした。

FINE CUTE

永井陽子十三首

人ならず額に小さき角を持つものにも秋がくれたる木の実

ここはアヴィニョンの橋にあらねど♩♩曇りの日のした百合もて通る

生まれくる風やはらかい2Bの芽が出はじめるえんぴつ畑

ひまはりのアンダルシアはとほけれどとほけれどアンダルシアのひまはり

牀前月光を看《み》ざれど夜がしづかなれば犬の太郎も頭《かうべ》を挙ぐる

こころねのわろきうさぎは母うさぎの戒名などを考へてをり

鹿といふ不可思議なもの寄り来れば差し出だされしその頭を撫づる

コンペイトウのツノはなぜある夢の中の若駒に角なぜある今宵

〈栗ねずみ〉リスの異名よつやつやと月光に輝《て》る言の葉の実は

ふかふかのうさぎもをらず街はただあわゆきの降る春の夜なる

タンポポはいづこにぞ咲くゆめのなかに体温計を置き忘れたる

「——とさ」昔ばなしのをはりにはあたたかき息ひとつを置ける

月の夜にいづこへ発ちてゆかむとすたんぽぽいろのたましひひとつ

3

猫たち、犬たち

スイッチョねこ

大佛次郎

秋がきて、いろいろな虫が、にわへきて鳴くようになりました。昼間、明るく日が当たっているときも、木のかげや草の中で、ほそい声で鳴いていますが、日がくれて夜になると、すずむしだの、まつむしだの、スイッチョだのが、いちどに声をそろえて、きょうそうで歌いはじめるのでした。

ねこの母親が、子どもたちをつれて、えんがわに出て、虫の声を聞いていました。

「虫をとるのはよいけれど、食べるのはおよしなさいよ。あたって、おなかをわるくする、わるい虫もいますからね。」

と、子ねこたちにちゅういしました。

子ねこたちは、おとなしくおかあさんねこの話を聞いていましたが、三びきいる中で、いちばんいたずらな白いねこは、虫の歌を聞きながら、

「あんないい声をしている虫だもの、きっと、食べて、うまいにちがいないなあ。」

と、考えていました。

この白ねこをよぶとき、かいぬしの人間が白吉《しろきち》というのですから、名まえをそうしておきましょう。

白吉は、みんなで、てんでににわへおりてあそびはじめてから、自分だけ、虫の声の聞こえるところをねらって、そっとしのびよっていくのでした。

ずいぶんしずかに歩いていくのですけれど、そばまでいくと、虫は、きゅうに歌うのをやめてしまい、どこにいるのか、わからなくなります。

白吉は、なんどもやってみて、そのたびに、しっぱいしてしまうのでした。

そこで、くらがりに、しんぼうづよくしゃがんで、まっていました。

夜がふけてきたので、おかあさんねこは、子どもたちをよびました。

「もう、お帰り。もう、ねる時間ですよ。また、あしたがあるよ。」

そこで、ほかの子ねこは、いそいで帰っていきましたが、白ねこの白吉だけは、虫が食べたいので、木の下にすわっていました。

そのとき、月が空に上ってきました。すると、虫たちは、いよいよ楽しそうに、きれいな声をはりあげて、歌いはじめました。白ねこは、月の光をふんで歩きだしました。すると、虫は、またいちどにだまってしまいます。遠くで鳴いているだけでした。これはやはり、しずかにすわって、虫のほうで出てくるのをまっていないといけないのです。

またすわって、うすい耳をぴんとはって、虫の音楽を聞いていました。

そのうちに、まちくたびれて、白ねこはねむくなり、うつらうつらといねむりをはじめました。虫の音楽を聞きながら、いねむりをしているのは、じつによい気もちのものでした。空の月だけが明るくかがやいています。

白ねこは、上げていた首を、だんだんとおとしてきて、はなをじめんにぶつけそうになって、びっくりして目をさますのでした。

そうして、ほんとうにねむくなって、大きくあくびをしてしまいました。

そのあいた口の中へ、なにか、とびこんできたのを、むちゅうで、ごっくんとのんでしまいました。

「おや、虫だったのかな。」

と、気がつきましたが、まるのみにしてしまったので、あじもなにもなく、つまらないのでした。

「ねむいや。ねたほうがいいや。」

かけて、家の中へ帰ってきました。

おかあさんねこは、

「どこへいっておいでだえ。早くおやすみなさいよ。」

といって、白吉のほおや頭の毛なみを、やさしくなめてくださるのでした。

白吉も、おかあさんねこのふさふさとしたむねに首をつっこみ、すぐにねむってしまいました。

すっかりよくねこんだと思ったら、どこかで大きな声で、

「スーイッチョ！」

と、虫が鳴いたので、びっくりして顔を上げました。見ると、ほかのねこもおきて、きょろきょろ、あたりを見回《みまわ》していました。けれど、そのへんに虫はきていないし、声も、二どとしなくなってしまいました。

ねこたちは、またしずかにねむりいりました。

すると、また、とほうもなく大きな声で、スイッチョが鳴きました。

白吉は、スイッチョが自分のおなかの下で鳴いたように思ったので、らんぼうにはねおきて、さがしにかかりました。

やはり、かげも形もありません。

しかし、スイッチョは、また鳴きました。

やはり、白吉のおなかの下でした。

白吉は、自分のしっぽについて、くるくる回って、さがしてみましたが、なにもいないのです。

おかあさんねこも、目をあけて、白吉を見ていました。

白吉も、首をかしげて、考えこみました。

「へんだなあ。」

回るのをやめて、じっとしたと思ったら、またスイッチョが鳴きました。これは、白吉のおなかの中で、いい声で鳴いているのでした。

「スーイッチョ、スーイッチョ！」

白吉はおどろいて、たたみの上を、ほうがくもなくかけだしてしまいました。

すると、スイッチョは鳴きやみましたが、白吉が立ちどまると、おなかの中で、また、鳴きはじめるのでした。

スーイッチョ！

スーイッチョ！

白吉は、びっくりして、むちゅうでかけだします。

とんでもないことでした。白吉が歩り回ったり、じゃれて、あばれて、ころがったりしている間は、おなかの中のスイッチョも、おどろいてだまりこんでいるのですが、すこししずかにしていると、ふいに大きな声で、スーイッチョと鳴きたてるのですから、白吉は、自分もびっくりしてとびあがってしまいます。ねむくなってねようとすると、スイッチョは、いまこそというように鳴きだして、ずっと歌いつづけます。

ねこのおなかの中はくらいから、いつも夜なのでした。

「やかましいなあ。」

と、きょうだいのねこが、いちどにふへいをいいだしました。

「白くんがそばにいると、やかましくって、ねむれないや。あっちへいけよ。」

なかまはずれにされるので、白吉はかなしくなりました。

白吉は、人間のいう不眠症（ねむれない病気。）になってしまい、歩くのにも、おさけによったように、ふらふらするのでした。そうすると、スイッチョのやつは、おもしろがって鳴きだします。白吉は、つらくなって、ぽろぽろなみだをこぼしてなきだしました。

「顔をあらうひまもないや、かあさん！」

白吉は、おかあさんねこにつれられて、おいしゃさまのところにまいりました。おいしゃさまは、りっぱにひげをはやした、おじいさんとらねこでした。

しんさつしつへはいって、おかあさんのねこが白吉のようだいを話すと、

「わしも、長くいしゃをしているが、そんな病気ははじめてだ。ねつはあるかえ？」

といって、白吉の耳をつまみました。ねこの耳はいつもつめたいのですが、どこかかげんがわるいと、あつくなるので、耳をつまむと、ねつがあるかどうかわかるのです。

「耳はつめたいぞ。たいしたことはない。」

と、先生はおっしゃいました。

「ああんとおいい。したをお見せ。」

白ねこは、はなにしわをよせて、おとなしく口をあけました。すると、スイッチョが、おくのほうできゅうに鳴いたので、とらねこの先生はびっくりして、いちどにひげをぴんと立て、目をさらのようにまるくしました。

「なるほど、スイッチョが鳴いたな。」

白吉は、ほんとうの重病人（重い病気の人。）のように、かなしそうな顔になりました。とらねこの先生も、こまったような顔をして、ひげばかりなでて、だまって考えこんでいらっしゃるので、心ぼそいのでした。

「なおりましょうか、先生。」

と、おかあさんねこがもうしました。

「まて、まて、ちょうしんきできいてみよう。そこへおね。むねをお出し。」

白吉は、あおむけにねました。

先生は、ちょうしんきを耳にはめて、白吉のむねに当てました。

「いきをしてごらん。」

スイッチョは、また鳴きました。とらねこの先生は、おどろいて、あぶなくちょうしんきをおとすところでした。

「これはひどい。ずいぶん、大きな声だ！　虫くだしがいいだろうが、いったい、スイッチョにきくかしら。おかあさんや、これは、ほんとうをいうと、生きたすずめかカナリヤをのんで、おなかの中のスイッチョをたいじしてもらうといいのだがね。この子はまだ小さすぎるから、そうもいくまい。切開しゅじゅつ（わるいところを切りひらいてちりょうすること。）して、スイッチョをつまみだすかね。ずいぶん大しゅじゅつになるが……。」

「この子のおなかを切るのですか？」

と、おかあさんねこがしんぱいそうにいったのを聞くと、気の小さい白吉は、わっとなきだしてしまいました。その声におどろいて、スイッチョはしずかになりました。

とらねこの先生は、またちょうしんきを当てて聞いてみて、

「すこし、よくなったようだ。」

ともうしました。

「そうだな、虫くだしをのませて、すこし、ようすを見てみようか。」

白吉は、虫くだしをのみました。しかし、スイッチョはまた鳴きました。ねこをかってくれている人間のおじょうさんが、白吉がいたとき、スイッチョの声を聞いて、

「あら、スイッチョが家の中にはいってきている。」

といったので、白吉は、きまりがわるくなって、すごすごと、ろうかへにげだしました。

そのかわり、夜のにわへ出て、虫の声がふるように聞こえる木のかげにすわって、しずかにしていますと、おなかのスイッチョが、きれいな声で鳴くので、きんじょにいるまつむしやすずむしも、ねこがきているとも思わず、あんしんして、声をそろえて歌いつづけるのでした。

ですから、白ねこは、どこへいっても、うつくしい虫の声につつまれていました。虫をとろうと思えば、いつでもとれます。けれども、白ねこは、もう、鳴く虫なんて食べないやと、つくづくと考えていました。

そのうちに、あるばん、よくねむってから目がさめてみると、おなかの中のスイッチョは歌をやめてしまいました。鳴くかとまってみても、鳴かないのでした。

「おかあさん。」

と、白吉はさけびました。

「スイッチョが鳴かなくなったよ。」

「そうかい。」

と、おかあさんねこは、ねむかったので、うつらうつらした心もちで、外のスイッチョの話かと思って答えるのでした。

「もう、そろそろ冬がくるものね。いちど、しもがふれば、虫は少なくなるものですよ。」

そういって、子どもたちがかぜをひかないように、のぞいてみてやってから、また目をつぶり、心もちよくねむってしまいました。ねこたちは、みんなでひとかたまりになってねていました。こたつがほしくなるような、すずしいばんなのでした。

ほんとうに、まもなく冬がくることでしょう。

この夏生まれたばかりの子ねこたちは、まだ、冬にあったことがなく、しもや雪も知らないのでした。

しかし、じょうぶで生きていれば、このよのなかがどんなときも楽しいし、よいものだと知っていましたから、朝おきるのを楽しみに、ぐっすりと、よくねむるのでした。いつも目をさますと、きのうとちがう新しい朝がきています。白吉も、スイッチョのことを来年の秋がくるまで思い出さないで、あしたは元気ににわをとびまわってあそぶことでしょう。

うつくしい秋晴れの日がつづいています。

FINE CUTE

小猫

幸田文

小猫を二匹もらった。うしろ姿では見わけのつかないくらいよく似た二匹で、相当いたずらをするし、しつこくもじゃれるが、何をしていても猫特有のかわいい恰好をしている。けれども二匹には明らかな相違があって、片方は器量好しで眼がまるく毛並がよく、人なつこい。片方は鼻がとんがって眼がつりあがって毛が薄くて、人が手を出すと唸《うな》り声をあげて物の下へ逃げこむ。器量好しは一日中かわいがられて手から手へ渡っているし、一方は本箱の脇などにぽつんとすわって、なかまがかわいがられるのをじっと見ている。そのうち、もっと悪いことを発見した。下性《げしょう》がよくないのだ。砂の箱があてがってあっても、庭で遊んでいても、わざわざ家のなかへ来ておしっこをする。これではいよいよ誰にも愛されない。

私も困るやつだと大ぶ嫌いかけて、ふと、なぜわざわざ家のなかへ来てするのだろうか、そこに解《げ》せないものがある、と気がついた。気をつけていると、彼はあわてて座敷のなかへ駈けこんで来て、哀しげな小声で啼きながら落ちつきなく、あちこちを捜しまわるふうにうろつき、遂にどこへでもしゃがんでしまうのだった。あわれなものがからだ中に表現されていた。私は母を捜しているのだと直感し、娘を近処の獣医師へ相談にやった。

「一体にからだの弱い猫が、ことにおなか具合の悪いときに、そういう粗相《そそう》をするのだ」そうで、薬をもらって来た。「もともと弱く生れついているんだから、手をかけてかわいがって育ててやってくださいって。先生の経験からいうと、こんなに眼がつりあがって不器量なのも、性質のたけだけしいのも、手をかけてやると治るんだっていう話なの。ねえ、うちの人もよそから来る人も、みんなあっちばかりかわいがり過ぎていたわねえ。」娘は申しわけなさそうに、そうっといった。

たかが猫のことだといってしまえばそれまでだが、平等にしようと心がけるのは、正直にいってむずかしかった。が、猫は先生のいった通り、つりあがった眼もとが柔かく円《まる》くなってきたし、人を信頼するようになってきている。両脚をきちんとすわって人の顔を見あげているとき、彼は障子を明けてもらいたい、水が飲みたい。こちらでも彼の望みがわかる。二匹の差はいま殆どないように育っている。その、もう年輩の先生は「よくなりましたね」と褒めてくれた。

むかし私は不器量でとげとげしい気もちの、誰からも愛されない子だった。そして始終つまらなかった。それがこたえていたので、三十、四十の後になっても大勢子供がいれば、きっとすねっ子、ひがみっ子、不器量っ子のそばへ行って対手《あいて》になってやる気もちなのは、うそではなかった。けれども猫ではこの始末であった。子供のときからの、長い、あわれなもの弱いものに寄せる心ではあったが、それも結局は、いい加減な中途半端なものだったとしか思えない。そりゃそうな筈だ、愛されない恨みのうえに根を下して辛うじて——そう、ほんとに辛うじてだ——もった愛情などは、しょせん平等なおおらかな愛とはいえないのだ。だめだなあと嘆息しながら、何十年の経て来た時間を考える。

FINE CUTE

ピヨのこと

金井美恵子

猫のあしのうらの、人間でいえば指にあたる爪の生えている部分のことを、アズキと呼んでいたが、このアズキという呼び方が、一般的なものなのかどうか、今だに知らない。

氾濫する猫関係文書を読んだこともないし、愛猫家と称する人たちと猫の話をしても、アズキという呼び方が、猫のあしのうらを言う場合の正統的な言い方なのかどうか、今まで確かめたこともない。多分、アズキという呼び方は、あまり一般的ではないのかもしれないし、そうでないのかもしれない。大きな猫になってしまうと、あしのうらは、アズキというよりソラ豆か金時豆のようになって、皮膚も固くこわばった感じになってしまうのだけれど、小猫の少し紫色がかったピンク色の柔らかなあしのうらは、かたちといい色といい、砂糖を入れるまえの煮たアズキにそっくりだ。

煮たアズキといえば、わたしが子供だった頃に家で飼っていた白黒ブチで緑色の眼の大きなオス猫は、七輪にかけた大きなナベで、煮たアズキの裏ごしを煮ていた時——簡単にいうとこしあんを煮ていた時——ナベをのぞき込んで、ぷつぷつ沸騰して跳たアンコの熱い飛沫を浴びて頭のてっぺんを火傷し、五円玉くらいの大きさの丸いハゲが長いことなおらなかった。ピヨという名前のその猫が大あわてにあわてて、後肢で立ち前肢を両方使って脳天のアンコの飛沫を取ろうとしている姿がおかしいと言って母はあっ、かあいそう、などといいながら笑いだし、たいていの一般的家庭がそうであるように、父のほうは、憮然として、バカ、笑ってないで早くアンコを取ってやれ、かあいそうだ、と猫に同情はしても、自分では手を出さない。結局、暴れる猫に手を引っかかれながらアンコをふきんで取ってやって、薬をつけてやったりするのは母親のほうなのだけれど。

このピヨという猫はその直後に、物干し台で日なたぼっこをしていて、飛んできたアブにじゃれつこうとして前肢をさされ、二倍くらいの太さに肢を腫れあがらせたこともあった。何かにつけ、少しオッチョコチョイの猫で、二階にあがって行くわたしの足音をききつけると、あがりばなの部屋の机のかげに隠れて、攻撃の時の姿勢で身体をぴったり平らにして前肢をそろえ、お尻をふりながら飛びかかった。ピヨにしてみれば冗談だったにしても、わたしにしてみれば——なにしろわたしはまだ四歳くらいだったので——本気でこわくて、そのたびに泣き声をたてた。けれど、ピヨは優しい猫で、わたしが風邪で寝ているような時は、どこにも遊びに行かず、ずっと同じふとんのなかで寝たり、どこかに遊びに出かけたと思うと、枕もとにネズミを、もちろん、お見舞いのつもりで持って来たりしたものだし、家族の足音を並の犬以上にちゃんと聞きわけることが出来て、父が夜遅くなって帰って来る時など、遠くから響いて来る靴音を聞いて必らず玄関の前に坐りこんで待っていたそうだ。

こんなに良い猫でも死ななくてはならない。父が亡くなったあくる年、界隈に流行った猫の伝染病にかかってピヨも死んだ。小学校から帰って来ると、ピヨの寝ていた毛布をしいた箱が空になっていて、もうすっかり元気になって起き出したのかと思って母にたずねると、ピヨもパパのところへ行った、と言うので、わたしはワンワン大声を出して泣いた。せめて、今でもよかったと思っているのは、母がピヨの死体をわたしに見せないように配慮したことだ。《物語》に毒されていたわたしは、天国でピヨとパパが一緒に楽しくやっているのだ、とせめて、自分の気持をなぐさめようとしたが、その後しばらくは、とても他の猫を飼う気にはなれなかった。

他のあらゆる猫がそうであるように、ピヨも、飼い主以外の人たちには大して価値のある特別な猫ではなかったのだろう。立派で大きく、真っ白と真っ黒のブチですべすべした毛皮の、いくら見ても見あきない特権的に美しい緑色の眼――そう。テクニカラーの女王モーリン・オハラみたいだ、と思ったものだ――を持つ猫だったし、その後飼ったどの猫とも比べようのない頭の良い猫だったが、それを認めるのはピヨのことを知っている、わたしたち家族だけに限られているのではあるまいか。

他人は知らず、すくなくとも、わたしは他人の飼い猫がいかに素晴しい猫だったか、という話にほとんど興味を持たない。他人の猫でも、顔見知りの猫なら話は別だが、それにしても、度のすぎた愛猫の自慢話ほど聞きにくいものは、他に、そう、親と呼ばれる人たちのする秘蔵っ子の自慢話くらいなものか。

ところで、ピヨだが、この猫はすっかり大人になってからも、実にきれいなアズキの持ち主だった。なにしろ、ピヨときたら、外から帰って来た時には、ぬれたゾーキンの上で四肢をこすってから部屋に入って来るような、実に頭の良い感心な猫だったのだから。その後飼った多くの猫たちに、わたしたちは二度とピヨという名前はつけなかった。ピヨ以外の多くの猫たちもそれぞれ可愛いところはあったけれど、ピヨに比べれば、まあ、残酷なようだけれども、白痴みたいに自分勝手にふるまう猫ばかりで、同じ猫とも思われないのである。

私の秋、ポチの秋

町田康

毎日、毎日、ぼくらは鉄板のうえで焼かれて嫌になっちゃうよ、なんて、鉄板のうえで焼かれてもいないのについ歌ってしまうのは主人・ポチの影響で、なんだか自分がばかになったようで嫌な気持ちです。

そんな私ももう二歳半です。人間の二歳半といえばまだまだぐにゃぐにゃの赤子ですが、私はもはや青年です。元気です。壮《さかん》です。なんでも自分で決断して行動することができます。深まりいく秋の空に向かって、わわわわわわわん、と無駄吠えをすることができます。もし我が家に泥的が入ったら猛烈に吠え、二の腕に噛みついて困惑・狼狽させることもできます。そんなことをイメージすると、今晩あたり我が家に泥ちゃんが入らないかしら、なんて考えちゃいます。

そんな奇妙なことを考えるのも二歳半という年齢ゆえでしょう。わははは、と笑いたくなりますよね。

一方、主人・ポチは、というと、来年の一月で四十八になる、先の知れたおっさんです。生活に疲れた中年男です。

深まりいく人生の秋を迎え、スーパーマーケットで買ってきた中トロで同じくスーパーマーケットで買ってきた本醸造酒を飲みながら、「五言絶句というものはなかなかよいものですよ」などとひとりで呟いています。

ポチとしては、そこで誰かに、「君、漢詩なんて知ってるの」と訊いてほしいのです。そして、そう訊かれたら、そらとぼけたような顔と口調で、「いや、一行も読んだことがない」と言いたいのです。ところが美徴さんもキューティーも、そんなことは言ってくれず、やむなくひとりで、「まあ、僕の言ってるのはゴゴンゼックという新商品のことなんだがね」などと呟いて孤独に酒杯を傾けているのです。

まったくもって辛気くさい男です。

だいたい、ゴゴンゼックってなんなのでしょうか。語感からすると薬品っぽい感じがしますが、胃薬なのでしょうか。それとも睡眠薬のようなものなのでしょうか。まったくわかりません。しかし、主人・ポチの頭の中には明確な、ゴゴンゼックのイメージがあるらしく、「いいよね、ゴゴンゼック」と言ってにやにや笑い、「ゴゴンゼックがあると山空松子落って感じの静けさの中で胃の調子もよくなるし、幽人應未眠って感じで眠れない人も眠れるようになる」なんて言ってます。

胃薬かぇ、と漫才の突き込みのようなことを言いたくなりますが、この体たらくを知らない人がみたらなんと思うでしょうか。だれも居ないのに、新商品とか、ゴゴンゼックとか、懐君属秋夜とか、訳の判らないことを言ってヒクヒク笑っているのです。本当は酔っぱらっているだけなのですが気が狂っていると思うに決まっています。

まあ、でもいくら酔っぱらってもゴゴンゼックなんてたわけたことを絶対に言わない人も居るというか、まあ、そういう人がほとんどな訳で、このままでは外聞も悪いから、そろそろ、おつもりにさせるべく、「いいよね。ベテランズデイポピーという漫才コンビはないけど、もしそれがあるとしたら、そいつらにゴゴンゼックのコマーシャルやらせたいよね。のっどーが、なめらかー、あああはーい、と三味線をつまり弾きつつ高速回転しながらヘリコプターで運ばれてくる、みたいなね、そんな冒頭のシーンはもちろん秋、全山紅葉している感じの山が遠くに見えていて、その山の上空をだんじりが疾走している、っていうのはやっぱりCGになるかな。できれば実写でやりたいが」なんてなことを言ってヒクヒク笑っているポチの上着の袖を嚙んでツンツン引っ張りました。したところポチは笑いやめて我に返り、「うわっうわっうわっ、スピンク、やめろ。酒がこぼれる。袖が破れる」と、やっと意味の通った、まともなことを言い、意を得た私は、さらに、主人・ポチの上着の袖、そして裾を噛み、頭を左右に振ったところ、ポチは、「うわうわうわっ、マジ、破れる。マジ、やめろ、スピンク」と言い、ついに酒杯を放して立ち上がり、私の鋭き牙をかわすべく上体をクニャクニャさせはじめました。

つまりこれにて、ポチにこれ以上酒を飲まさないようにする、という私の当初の目論見は成功した訳で、私はこれ以上、ポチの袖や裾を噛んで引っ張らないでよいということです。しかし、私は高く澄んだ秋の空に、うおおおおおっ、と無駄吠えしたい二歳半の牡の犬です。しかもポチは面白げにクニャクニャしています。

どうしてこれをやめることができるでしょうか。できるわけがありません。

私はいよよ調子づいて、主人の上着の袖、裾を噛んで首を左右に振り、また前脚を踊るように上げ下げしてジタジタしました。これにいたってポチは漸く怒気を発し、

「やめんか、スピンク」

と大喝すると力ずくで私の首を引き離しました。そういうとき私は一応、座りをします。

座りをして、じっと主人・ポチの目を見上げました。主人も仁王立ちに立って私の

目を見下ろしました。

主人は暫くの間、私の目をみたまま、じっと黙っていました。私もまた黙って座りをして主人を見上げていました。窓の外から、リーンリーンリーン、という虫の鳴き声が聞こえてきました。

最初に口を開いたのはポチです。ポチは、ふうっ、と息を漏らすと、「なんなんだ、君は」と言いました。

「なんなんだ、君は。なんで君は噛んで服を破るんだ」

なんで、ってそれはあなたが酒を飲み過ぎるからですよ。それをやめさせようとして噛んだんです。服を噛むのは肉を直接噛むと怪我をするからです。まあ、後半は遊びだがね、と思いましたが黙っていました。黙って座りをしたままクリクリの目でポチを見上げていました。ポチは続けて言いました。

「だいたい、君が噛むから僕の服はみんな穴だらけになってしまって、店に入ってもコジキが来たと思われて客扱いしてもらえないんだよ。どうしてくれるんだ」

っていうか、それって服に穴があいてるからだけではなく、髪型、表情、歩き方、喋り方というあなたの人間の全体から立ち上るダウナー感、コジキ感に因《よ》るものじゃないですかねぇ。いつも一緒に散歩してて思うけど。と思いましたがやはり私は黙って座りをしていました。主人はさらに言いました。

「君はなんで黙ってるんだ。なんとか言ったらどうなんだ。僕は君に説教をしてるんだよ。なのになんで君は半分口を開いて笑ってるんだ。少しは申し訳なさそうにしたらどうなんだ。なにがおかしいんだ。なんとか言えよ、おい」

なんとか言えよ、とそう言われたのでなんとか言わなければなりません。では言いましょう、と、私は先ほどから思っていたことをポチに言いました。

しかし、ポチは犬語がほとんど理解できません。犬のパーティーに出席してもみなと談笑することができず、物陰で悲しく微笑んでいるしかないのです。

そんなことでポチの耳には私が、ただ大声で、「ワンワンワンワンワンワンワン」と秋空に無駄吠えしているようにしか聞こえないのです。

そうならそうで、仕草や表情からその内容を汲《く》み取ろうと努力すればよいのですが、人間というのは傲慢なものですね、それをまったくしないばかりか、私の声が大きい、というただそれだけの理由から、私が、「うるせぇ」とか、「関係ねぇよ、ぶっ殺す」といった反抗的な内容のことを言っているというひどい誤解をし、

「おのれ、逆らうか」

といって首を絞めてきました。

しかし、私は驚きも慌てもしませんでした。なぜならポチは気の弱い男で、相手が人間であろうと犬であろうと本気で暴力を揮《ふる》うことができないのを知っているからです。

そこで適当にグニャグニャしていると言わんこっちゃない、ポチもすぐにグニャグニャになり、床に座り込んで私の首に顔を埋めるなどして怒るというよりもじゃれているみたいな、アホのレスリングみたいなことになりました。

しかし、酔ったポチは他愛がありません。私はただちにポチのバックをとり、肩に手をかけました。肩に手をかけ腰をスクスクする、マウント、をポチにやってやろうと考えたのです。

人間はこのマウントを忌み嫌います。なぜならその動作が性行為を連想させるからで、ドッグランなどでマウントをしている犬が居ると飼い主は血相を変えてやめさせようとします。マウントにはいくつか意味があって、牡が牝にマウントする場合はそうした意味ですが、牡が牡にする場合は、上下関係を明確にするためのマウントである場合があり、また、遊びに誘っているという場合もあります。

いま、私が主人にやっているのは遊びとしてのマウントです。みんなが嫌がるので私はドッグランなどで他の犬にマウントすることはありません。私がマウントするのは主人だけです。なぜかというと、まあこいつだったら大丈夫だろう、と思うからなのですが、ポチはそのマウントを嫌がります。肩に爪が刺さって痛いからだそうです。ポチは叫び声を上げました。

「スピンク、痛い、スピンク、痛い」

「ワンワンワンワンワンワン（うるさい、黙れ）」

「痛い、痛い、マジ痛い。やめろ」

「ワンワンワン（じゃかましいんじゃ）」

そんなことをやるうちポチは小癪な小技を繰り出してきました。肩にかかった私の前脚の肉球を指でブシュッと押しやがるのです。これをやられるとひとたまりもありません。

「あひゃーん」

私は半笑いで逃げました。それから、また隙を狙って上着の袖や裾を噛んで引っ張ったり、立ったポチの足に抱きついてマウントしたりして遊びました。ポチは頻りに、「地獄突き、地獄突き」と言いながら手の先で私の喉を突いたり、寝転がって、「延髄斬り」と叫びながら私の後頭部を足の甲で蹴ったりしましたが、力がぜんぜん入っていないのでまったく痛くなく、寝転がっている分、容易にバックがとれました。

そんなことをして三十分ほど遊んだ頃、表で、カサッ、と物音がしたので私は窓のところまで走って行き、ここを先途とばかりに猛然と吠え立てたのを機に主人はまた酒を飲み始め、「なにしろペットブームだからね。ワンちゃん用香水なんてなのが売っているくらいだからね、なんでもワンちゃん用といって売り出せば儲かるんだよ。ちょっと考えただけでも、ワンちゃん用ケータイ電話、ワンちゃん用削岩機、ワンちゃん用そば打ちセット、ワンちゃん用剪定鋏《せんていばさみ》なんて商機、英語で言うならビジネスチャンスはいくらでも転がってるんだがな。世間の奴はまったくバカだ」などと、ボロボロの服を着てあえて厳粛な顔で言ってヒクヒクしています。

私たちの秋の夜がこんな風にして更けていきました。

FINE CUTE

おかあさんいるかな

伊藤比呂美

ああ、ほんとに、急いで書かないとタケのいのちに置いていかれそうだ。タケの寝相が、どんどん死体っぽくなってくる。

遠目で見て、死んでるんじゃないかと近寄ってみると、ほんとに死んでるみたいなので、じっと観察していても、生きてるというシルシがなかったりする。おなかは動いてないし、顔もぴくぴくしていないし。で、そっとさわってても起きなかったりする。やや強くさわると、人間みたいに「はっ」と目を覚まして狼狽する。若い頃は、寝てるふりをしてるだけでけっして寝てはいなかった。こっちが動けばいつもさっと立ち上がって、ぴしっとついてきたものだ。

この寝相、どっかで見たなと思うと、うちの父だ。

父は八十九歳で、熊本で一人暮らしをしている。だから私はせっせと熊本に父に会いに帰る。よく寝る老人なのだが、寝てるところをのぞきこむと、死体みたいな顔で寝ている。このふたりに共通するのは、寝ているときの脱力した感じだ。

父は脱力のあまり、あごをはずしたみたいになって眠るので、完成する直前のミイラのような具合である。タケは、路傍で死んでいるコヨーテみたいに、四肢を脱力させている。頭は犬用ベッドからずり落ちている。だから私は、一日に何回もタケの前に立って、生きてるのかと確かめてみずにはいられない。

こないだ、未明に、死体みたいに寝ていたはずのタケが私を起こしに来て、足を踏みはずして階段から落ちた。物音でサラ子が起きてきたら、階段から落っこちたタケが、踊り場で腰を抜かしてがくがく震えていたというのだ。階段の脇のタイル敷きの上に、おしっこがしてあった。タイルの目地を縦横におしっこが流れていた。階段を上がる前にそこでしたらしい。おしっこしたなら、もう私を起こさなくてもいいのに、寝ぼけていたのか、二階に上がっていって足を踏みはずした。そして私は目を覚まさなかった。遅くまで仕事していて寝入りばなの熟睡中だったのである。

「おねーちゃんはもうおとなだから、あんたが起こしに来れば起きるんだよ」と、タケはサラ子にしみじみ諭されていた。

タケの爪音は、コツコツと床を叩いて家じゅうに響きわたる。それで目を覚まさなかったとはよほどのことだ。タケが二階に上がってくることなんか滅多にないのに、夜中にかぎって、爪音を家じゅうに鳴り響かせて上がってくるから、私は必死で起きるのだ。起きないと、タケは二、三回私のベッドの周りを歩いてから、無言で下に降りていき、タイルの上にお洩らしをする。

子犬の頃、タケは、サラ子の部屋のクレートの中で寝ていた。クレートの戸は夜じゅう閉まっていた。子犬のタケはしょっちゅうおなかをこわしたり膀胱がいっぱいになったりした。そのたびに外に行きたくなったが、鳴いても足踏みしても、十三歳のサラ子は泥みたいに眠りつづけて朝まで起きなかった。それでタケは、しかたがない、クレートの中でやっちゃった。そして、犬にあるまじき失態だと我が身を恥じつつ(恥じるだけでもニコよりマシではないか)、朝まで、無念と悪臭の中でもんもんと過ごした。そんなことが何回もあった。それを忘れられない。だからいまだに、階段を踏みはずす危険を冒してでも、タケは二階にやってきて、私を起こそうとする。

そういえばタケには、私が日本から帰ってきた夜にもその次の夜にも、危険を冒して二階に上がってくる習性、ないしは癖がある。そして私は、ひんぱんに日本に行ってしばらく戻ってこない習性というか、暮らし方をしている。日本から帰ってきた直後、私は時差ボケで眠りが浅くなってるから、タケの爪音ですぐ起きる。ところが、下まで降りてドアを開けてやっても、タケは出ていかない。おしっこしたいんじゃないのだ。ただ、「おかあさん、いるかな、かえってきたのはほんとかな」と確認したいだけなのだ。

アリクについて

カレル・チャペック／伴田良輔訳

こっちを見て、ダーシェンカ。今日は戸口の階段に行儀よくすわっているところを写真に撮ってあげるからね。

さて、むかしむかしあるところに、アリクという名前のフォックステリアがいた。すてきな白い毛におおわれ、耳は美しい茶色、そして、背中に小さな黒い斑点《ブチ》がある犬だった。アリクは、花が咲き乱れ、蝶《ちょう》が舞い、ねずみが走りまわる、それはそれは美しい庭に住んでいたんだ。ピンクや白の睡蓮《すいれん》が浮かんでいる池もあった。でもアリクは、一度も池に落ちたりしなかったよ。人間によくいるような、まぬけやおてんばではなかったからね。

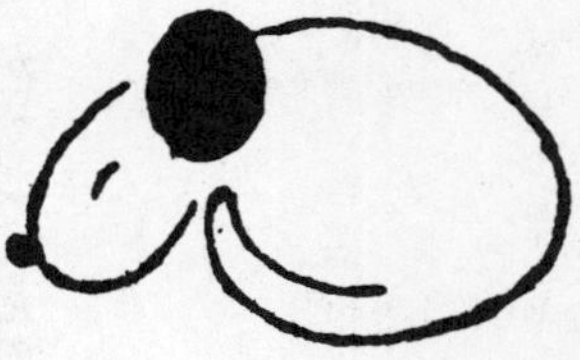

ダーシェンカがもう一人

ある暑い日のこと、嵐《あらし》になりそうな空模様になった。君も知っているように犬はみんな雨が降り出す前に草を食べるが、アリクもやっぱり草を食べた。すると何が起きたと思う？　その草の中に、ラテン語で「奇跡の力《ミラクラ・マギカ》」と呼ばれる魔法の植物の葉が一枚混じっていたんだ。そんなこととは知らないアリクは、その葉っぱを細かく食いちぎって食べてしまった。そのとたん、アリクは茶色の巻き毛で色が白く、その上、背中にりっぱな黒い斑点《ブチ》のある美しい王子に変わってしまったのだ。最初、彼は自分がもはや犬ではなく王子の姿に変わっている、なんて思いもよらず、つい耳の後ろをあと脚でかきたくなっ

しっかり歩く

てしまった。そのときだよ、金色の靴をはいている自分の足に気づいたのは――ちょっと、どこ行くんだ、ダーシャ！

（物語が佳境にはいったというのに、ダーシェンカはスズメに向かって突進していってしまった。というわけで、アリクにまつわるおとぎ話は完成せず、したがって結末はなし）

テリアの耳のうしろの
正しいかきかた

4 幼心のきみ

銀の匙（抄）

中勘助

十四

生まれつきの虚弱のうえに運動不足のため消化不良であった私は蜂《はち》の王様みたいに食い物を口に押しつけられるまでは食うことを忘れていて伯母さんにどれほど骨を折らせたかわからない。羊羹《ようかん》のあき箱に握り飯をつめ伊勢《いせ》詣《まい》りという趣向で、伯母さんが先に立って庭の築山《つきやま》をぐるぐるまわり歩いたあげく石灯籠《いしどうろう》のまえでかしわ手をうちお詣《まい》りをして、松の陰にある石に腰をかけてお弁当をたべたこともあった。またあるときは妹や乳母《うば》もいっしょに待つ宵《まよい》の咲いてる原へ海苔《のり》まきをもっていって食べたこともあった。杉《すぎ》や榎《えのき》や欅《けやき》などの大木が立ちならんだ崖《がけ》のうえから見わたすと富士《ふじ》、箱《はこ》根《ね》、足柄《あしがら》などの山々がこうこうと見える。私はいつになく喜んで昼飯をたべてたのにおりあしくむこうから人がきたものですぐさま箸《はし》をほうりだして　もう帰る　といいだした。生きもののうちでは人間がいちばんきらいだった。そんなふうで私がなにを食べてもうまがらないのを伯母さんは独得の弁舌で上手《じょうず》に味をつけてたべさせる。
蛤《はまぐり》の佃煮《つくだに》はあのかわいい蛤貝が竜宮《りゅうぐう》の乙姫様《おとひめさま》のまえを舌を出してはってあるくということのために、また竹の子は孟宗《もうそう》の親孝行の話がおもしろいばっかりに好きであった。むっくらした竹の子を洗えばもとのほうの節にそうて短い根と紫の疣《いぼ》がならんでいる。その皮を日にすかしてみると金いろのうぶ毛がはえて裏は象牙《ぞうげ》のように白く筋目がたっている。大きなのは頭にかぶり、小さなのはけばをおとして梅干しを包んでもらう。しばらく吸ってるうちに皮が紅色に染まってすっぱい汁《しる》がにじみだしてくる。はちくも好きであった。土鍋《どなべ》でぐつぐつ煮ながらさもさもおいしそうな様子をして煮えくりかえる竹の子の味をきくのをみればさすがの蜂の王様も奥歯のへんに唾《つば》のわくのをおぼえた。ときどきあまえて自分で箸をとらないと伯母さんは彩色した小さな茶わんを口へあてがって
「すずめごだ　すずめごだ」
といいながら食べさせてくれる。鯛《たい》は見た目が美しく、頭に七つ道具のあるのも、恵《え》

比寿様《びすさま》がかかえてるのもうれしい。目玉がうまい。うわつらはぽくぽくしながらしんは柔靭《じゆうじん》でいくら噛《か》んでも噛みきれない。吐きだすと半透明の玉がかちりと皿に落ちる。歯の白いのもよい。

十八

なかでもあわれなのは賽《さい》の河原《かわら》に石をつむ子供の話と千本桜《せんぼんざくら》の初音《はつね》の鼓《つづみ》の話であった。伯母《おば》さんは悲しげな調子であの巡礼歌をひとくさりうたっては説明をくわえてゆく。その充分なことわけはのみこめないのだが、胎内で母親に苦労をかけながら恩を報いずに死んだため塔をたてて罪の償《つぐな》いをしようとさびしい賽の河原にとぼとぼと石を積んでるのを鬼がきては鉄棒《かなぼう》でつきこわしてひどいめにあわせる。それをやさしい地蔵様がかばって法衣《ころも》の袖《そで》のしたにかくしてくださる というのをきくたんびに、私は息のとまりそうな陰鬱《いんうつ》な気におしつけられ、またかわいそうな子供の身のうえがしみじみと思いやられてしゃくりあげしゃくりあげ泣くのを、伯母さんは背中をなでて

「ええわ ええわ、お地蔵様がおいであそばすで」

という。地蔵様といえば道ばたに錫杖《しやくじよう》をついてたってるあの石仏のとおりの仏様だと

思っていた。

仏性の伯母さんの手ひとつに育てられて獣と人間とのあいだになんの差別もつけなかった私は親の生皮《なまがわ》をはがれたふびんな子狐《こぎつね》の話を身につまされてきいた。親の白狐は皮をはがれながら　わが子かわいや　わが子かわいや　といって鳴いたという。これは私の知ってる鼓についての三つの話のうちの最もあわれな話である。それは神秘の雲につつまれて天から降った鼓でもなく、つれない人が綾《あや》で張ったという音なしの鼓でもなく、大和《やまと》の国の野原にすむ狐の皮で張ったただの鼓が恩愛の情にひかれてわが子を思う声をだしたというのである。私は今でもこの話を思いだせば昔ながらの感情のわきおこるのをおぼえる。

伯母さんはまた百人一首の歌をすっかりそらんじていて、床へはいってから一流のものさびしい節をつけて一晩に一首二首と根気よくおぼえさせた。伯母さんが

「たちわかれ」

という。私が

「たちわかれ」

とあとをつく。

「いなばのやまの」

「いなばのやまの」
「みねにおうる」
そんなにしてるうちにいつか寝入ってしまう。よくおぼえたときは
「あしたごほうびをあげるにまあねるだよ」
といってたたきつけてねせてくれる。私が歌をはやくおぼえるのをたいへんなえらい子ででもあるかのように思って伯母さんは明くる日母などに
「ゆんべはふたあつもじっきにおぼえた」
なぞと自慢らしく話したりした。私はわからぬながらも歌のなかの知ってる言葉だけをとりあつめておぼろげに一首の意味を想像し、それによみ声からくる感じをそえて深い感興を催していた。そのじぶん私は古い歌がるたをもってたが、それには一枚のふだのなかに歌と歌にあわせた絵がかいてあって、けばだって消えかかってはいたけれどそれでも松に雪のふりつもってるところや、紅葉《もみじ》のしたに鹿《しか》の立ってるところなどぼんやりと見わけられた。また百人一首のとじ本もあった。歌の好ききらいはかるたの絵とよみ人の姿、顔かたちによってもきめられる。好きな歌は末《すえ》の松山《まつやま》の歌、淡《あわ》路《じ》しまのうた、大江《おおえ》山《やま》の歌など。末の松山のうたは私の耳にいいしらぬ柔らかなもの

さびしい響きをつたえて、かるたの絵には松の浜に美しく波がよせていた。淡路島の歌は涙をさそう。海のうえを舟がゆき、千鳥が飛んでゆく。大江山の歌をきけばお姫様が鬼にとられてその山奥へつれられてゆく草双紙の話を思いださずにはいられなかった。僧正遍照《そうじょうへんじょう》や前大僧正行尊《ぜんだいそうじょうぎょうそん》などというしわくちゃの坊さんは大きらいだったが蟬丸《せみまる》だけは名まえからもかわいかった。

二十

三、四十坪《つぼ》ほどの裏のあき地はなかば花壇に、なかば畑になっていた。夏のはじめのころになれば垣根《かきね》のそとを苗売りがすずしい声をしてとおる。伯母《おば》さんはそれを呼んで野菜ものの苗をかう。藁《わら》でこしらえた箱のなかにしっとりと水けをふくんだ細かい土がはいって、いろいろな苗がいきいきと二葉をだしている。菅笠《すげがさ》をかぶった苗売りの男がさもだいじそうにそれをすくいだす。伯母さんは茄子《なす》だの瓜《うり》だのをすこしずつかって畑へうえる。茄子の紫がかった苗、かぼちゃやへちまのうす白く粉をふいたような苗が楕円形《だえんけい》の二葉をそよがせてるのを朝晩ふたりして如露《じょうろ》で水をかけてやる。苗は見るたんびに成長して、つるがでたり、葉がでたり、しまいには畑じゅうのたくりまわって大きな実をぶらさげる。それを楽しみにして検分にゆく。そんな世話のすきな伯母さんは愚痴《ぐち》を言い言い竹を立てて手をとってやるとひと巻きふた巻きと日に日につるがまきついて、あらっぽい葉のあいだに黄いろや紫の花がさく。そこへ丸っこい虻《あぶ》がきてわがもの顔に飛びまわっては花のなかへもぐってゆく。むだ花がころころと落ちるうちにほんとの花の根もとにふくらみができて、平たくなり、長細くなりして、世にいう唐茄子《とうなす》やかぼちゃの形ができあがる。茄子の巾著《きんちゃく》なり、へちまのぬうっとした格好、つぶつぶしてにくらしいきゅうりなど。葉をのけてみて思いよらぬ実のいったのを見つけたときのうれしさはない。なた豆、ふじ豆、ちび筆にた葱《ねぎ》の花。

あるとき唐茄子の苗をかって植えたらそだつにしたがい様子がかわってきてとうとうひょうたんになった。私はいくつとなくぶらさがったひょうたんをみて大喜びだったが伯母さんは苗売りにまんまと一杯くわされたのをくやしがってろくに世話をしてやらなかったものでみんな落ちてしまった。それからは下の町の青物屋へ買いにゆくことにしたが伯母さんはなにの苗を見てもひょうたんじゃないかと疑って、もしはえてからひょうたんがなったらひょうたんの木を返しにくるがいいか といって青物屋をきめつけた。

畑をめぐる杉垣《すぎがき》のくろには祖母の栗《くり》と私が拾ってきてまいた胡桃《くるみ》が芽をだしている。

また祖母が好きで植えておいた鳳仙花《ほうせんか》の種がちらばってあちらこちらに咲く。とりたてて見どころのない草ながら私も鳳仙花が好きである。いたずらに花をとって爪《つめ》を染めたりする。おしろいの実をつぶして白い粉をだすのがおもしろかった。杏《あんず》の花、緋《ひ》桃《もも》の花。巴旦杏《はたんきよう》の古い木があって雲のように青白い花をさかせたが、それは私たち兄弟のなによりの楽しみで烏《からす》のくるのを気にしては追いにいった。大きな実が鈴なりになるので枝がしなって地びたについてしまう。背のとどくところは手でちぎり、高い枝のは打ち落として重たい笊《ざる》をかかえて帰る。花壇には鬼ゆりや白ゆりがさく。私はあまり明るい色、濃厚な色を見れば胸ぐるしい圧迫を感じるのが常であったが、花でいえば百合《ゆり》の雄蕊《おしべ》の頭にこっとりとついてる焦《こ》げ色の花粉なぞがそうであった。

二十五

いくじなしの私は人なかでは口がきけずなにかほしいものが目につけば袂《たもと》をつかんだまま黙って立ちどまってしまう。すると伯母さんは心得てあたりを見まわしあれかこれかとたずねる。うまくあたるまではいつまででも首をふってるがよくよくあたらないとしかたなしにそっと指さしをして、その指ははずかしそうにひっこめて口にくわえる。三すくみのおもちゃが大好きだったが伯母さんは蛇がきらいだもので知らないうちにじきにしまいこんでしまった。竹の兎《うさぎ》はぴょんとはねる。暖かい日には膠《にかわ》がゆるんで威勢よくぴょんとはねずにそろそろ尻《しり》をもちあげて横っ倒しになる。そのほか籠《かご》のなかの鳥が籠についてる柄《え》を吹くとぴいぴいさえずりながらまわるのや、ちりちりと尾をふりながらすべりおりる鯛弓《たいゆみ》のおもちゃなどが好きであった。

木枯らしの夜などには露店のかんてらの火がさびしい音をたてて灯心が血ばしった目玉みたいにみえる。そんなときにかわいそうでならなかったのは葡萄餅《ぶどうもち》をうるばあさんであった。葡萄餅とはどんなものかしらない。七十ぢかいしなびかえったばあさんが ぶどうもち とかいたはげちょろの行灯《あんどん》をともして小さな台のうえに紙袋を数えるほどならべてるがついぞ人の買うのをみたことがない。私はそれを気の毒がって無上《むじょう》にせがんだけれどあんまりきたないのでさすがの伯母さんも二の足をふんで買ってくれなかった。何年かのち私がひとりで縁日に行けるようになってからもばあさんは相変わらずそば屋の角《かど》に店を出していた。私は市《いち》のたんびに幾度となくそのまえを行きつもどりつして涙をためていた。が、いつも買いおおせずに本意《ほい》なく帰ってきてしまった。とはいえある晩とうとう思いきって葡萄餅の行灯のそばにたちよった。ばあさんはお客だとおもって

「いらっしゃい」

といって紙袋をとりあげた。私はなんといってよいかわからず無我夢中に二銭銅貨をほうりだしてあとをも見ずに少林寺の藪《やぶ》の陰まで逃げてきた。胸がどきどきして顔が火のでるように上気していた。

八幡様《はちまんさま》の馬鹿囃子《ばかばやし》へはちっとも行こうとしなかった。それはあの鼻っぴしゃげのばかの仮面、目のとんちんかんなひょっとこの顔、またあんまりひっつこい野鄙《やひ》な道化が胸をわるくさせたからである。けれども家の者は私の憂鬱《ゆううつ》をなおそうとしての無知な親切から、伯母さんまでがみんなの味方になってどうかしてつれだそうとする。九つ十にもなってからはそんなところへゆくことの苦痛をくれぐれも訴えたけれどみんなそれを逃げ口上とばかりおもって権柄《けんぺい》ずくで押し出すのが常であった。そんなときには私は近所の原へいって大木の立ちならんだ崖《がけ》のうえに寝ころんで山を見ながら幾時をすごした。

少女と海鬼灯

野口雨情

ある日、みつ子さんがお座敷のお縁側で、お友達の千代子さんと遊んでゐますと、
涙ぐんだ小さな声で唄が聞えて来ました。

わたしの　お家《うち》は
海なのよ
わたしの姉さん
母さんは
御無事で　お家に
居《を》るでせうか

わかれて来てから
もう二年
一度もたよりは
ないけれど
お家に 御無事で
居るでせうか

唄は、ほんたうに哀《あはれ》ツぽい悲しさうな声で又聞えました。

渚の沙《すな》さへ
子があれば
わかれて逢はない
子があれば
雨風吹いても
思ふでせう

千代ちゃん　みつちゃん
千代子さん
みつちゃん　千代ちゃん
みつ子さん
雨風吹いても
思ふでせう

『あら』とみつ子さんは『千代子さんお聞きなさい。お庭の土の中でうたつてゐるんだわ』とびつくりして云ひました。
しばらくすると、唄は又聞えて来ました。

わたしは　お庭へ
捨てられて
夜昼　ひとりで
泣きました

どなたも　迎ひに
来てくれず
捨てられればなしに
なりました

『土の中でうたつてるのは誰？』とみつ子さんと千代子さんが大《おほき》な声で云ひますと、

わたしは　海の
鬼灯《ほほづき》よ
わたしは　お庭へ
捨てられて
今では　お庭の
土の下　土の下

『まア、鬼灯がうたつてるんだわ』『掘つてみませうよ』と二人は、小さい草引鍬で、この辺か知らと掘りますと、色のあせた海鬼灯が出て来ました。

『今しがた、うたつたのはお前なの』と訊きますと、『わたしです』と海鬼灯は、うれしさうに涙を浮べて、『お母さんや姉さんに逢ひたいから海へ帰して下さい』と二人にたのみました。みつ子さんも千代子さんも可哀想に思つて、海鬼灯を木の葉の上へ乗せて、『かうして乗つてゐると海へゆけるからね』と裏の川へ持つていつて流してやりました。

海鬼灯は、木の葉の上に捉《つかま》つて、

情は他人のためならず
御恩は必ず返します

と、繰り返し繰り返し歌ひながら、水の流《ながれ》につれて川下の方へ流れてゆきました。

FINE CUTE

ぞうり

山川彌千枝

私はぞうりなんです。桜の花のついたズックのぞうりなんです。私はこの間、お嬢さんが外へお出でになって、そのあと私をしまうのをお忘れになったんです。そこへころ（犬）ちゃんと、はっちゃんが来たんです。「おい君、このぞうりあそこへもってってやらないか」とところちゃんが言うのです。私はぶるぶるふるえていました。「ええ、ころちゃん、それがいいわ。だけど、ころちゃん、このぞうりの中から、何だかいい香がするわね」「うーん」「二人でこわしてみないこと、ころちゃん」「うん、君、名案だね、お菊さんて人がきっと目をむいてくるぜ、君」「お菊さんかい。だけど、まあ大丈夫だよ、ころちゃん、皆見てないから、今の中《うち》」とうとう私はころちゃんにくわえられました。私は「お嬢さん、たすけて……」それはいたいでした。お嬢さんは私の声が聞こえないのか看護婦さんと遊んでます。すすきの中につれられました。歯からはなされました。私はほっと息をついて、ころちゃんとはっちゃんの顔を見ました。と、はっちゃんが私のはなおをもってふりまわすのです。いたいです。それはいたいんです。「たすけてー」「おい、はっちゃん、ぞうりが泣いてらあ、痛快つうかい」ですって、そしてころちゃんははっちゃんから私をとって、そして歯で私の体をかみくだいたのです。ガリガリ、私の体の中にお菓子も何も入っていませんのに。と、はっちゃんがまた私をころちゃんからとりました。私の体はめちゃめちゃにされました。そして、はっちゃんところちゃんは向こうの方へ行ってしまいました。「あー、いたい。何てひどいんだろう。何も悪い事もしないのに、お嬢さんお嬢さん。アアンアアンアアンアアン」と泣いてしまいました。しばらくすると、お嬢さんと看護婦さんとが、「あらぞうりがないわ、ハハハハハハハ。犬がもっていったのかしら、ハハハハハハ」「あら？　ないわ、いやな犬ね」といっていました。私は、「ここにいるのよー、ここにいるのよー」といったのに、お嬢さん達はわかんないのです。でもとうとう私は見つけられました。はっちゃんところちゃんは、看護婦さんに、うんとぶたれていました。で私は今、玄関の中におります。そのうち、ぞうり病院へでも行かせてくださるでしょう。

夕方の三十分

黒田三郎

コンロから御飯をおろす
卵を割ってかきまぜる
合間にウイスキーをひと口飲む
折紙で赤い鶴を折る
ネギを切る
一畳に足りない台所につっ立ったままで
夕方の三十分

僕は腕のいいコックで
酒飲みで

オトーチャマ
小さなユリの御機嫌とりまで
いっぺんにやらなきゃならん
半日他人の家で暮したので
小さなユリはいっぺんにいろんなことを言う

「ホンヨンデェ　オトーチャマ」
「コノヒモホドイテェ　オトーチャマ」
「ココハサミデキッテェ　オトーチャマ」
卵焼をかえそうと
一心不乱のところに
あわててユリが駈けこんでくる
「オシッコデルノー　オトーチャマ」
だんだん僕は不機嫌になってくる

化学調味料をひとさじ

フライパンをひとゆすり
ウィスキーをがぶりとひと口
だんだん小さなユリも不機嫌になってくる
「ハヤクココキッテヨォ　オトー」
「ハヤクー」

かんしゃくもちのおやじが怒鳴る
「自分でしなさい　自分でェ」
かんしゃくもちの娘がやりかえす
「ヨッパライ　グズ　ジジイ」
おやじが怒って娘のお尻をたたく
小さなユリが泣く
大きな大きな声で泣く

それから
やがて

しずかで美しい時間が
やってくる
おやじは素直にやさしくなる
小さなユリも素直にやさしくなる
食卓に向い合ってふたり坐る

5 キュートなシニア

杉﨑恒夫十三首

幹曲る海岸林に入りゆくと初老のミチルわれに伴う

若からぬわれらのイブにたべ余す砂糖でできたサンタクロース

漆黒のさくらんぼ地にこぼれいてピアノぎらいの子供の音符

たんぽぽの絮が着地をするように旅先の珈琲店に這入る

少し長めに生きたることも葡萄パンにまじる葡萄のごとき確率

地図にない離島のような形して足の裏誰からも忘られている

わたくしのドロップ占い缶ふってハッカがでたら待ち人来ない

休日のしずかな窓に浮き雲のピザがいちまい配達される

いくつかの死に会ってきたいまだってシュークリームの皮が好きなの

理髪屋の夏の白布につつまれてわたしは王のミイラであった

気の付かないほどの悲しみある日にはクロワッサンの空気をたべる

三月の雪ふる夜にだす手紙ポストのなかは温かですか

ひとかけらの空抱きしめて死んでいる蟬は六本の脚をそろえて

月夜と眼鏡

小川未明

町も、野も、いたるところ、緑の葉につつまれているころでありました。

おだやかな、月のいい晩のことであります。静かな町のはずれにおばあさんは住んでいましたが、おばあさんは、ただひとり、窓の下にすわって、針仕事をしていました。

ランプの灯《ひ》が、あたりを平和に照らしていました。おばあさんは、もういい年でありましたから、目がかすんで、針のめどによく糸が通らないので、ランプの火に、いくたびも、すかしてながめたり、また、しわのよった指さきで、ほそい糸をよったりしていました。

月の光は、うす青く、この世界を照らしていました。なまあたたかな水の中に、木立も、家も、丘も、みんな浸《ひた》されたようであります。おばあさんは、こうして仕事をしながら、自分の若い時分のことや、また、遠方の親戚《しんせき》のことや、離《はな》れて暮らしている孫娘のことなどを、空想していたのであります。

目ざまし時計の音が、カタ、コト、カタ、コトとたなの上で刻んでいる音がするばかりで、あたりはしんと静まっていました。ときどき町の人通りのたくさんな、にぎやかな巷《ちまた》の方から、なにか物売りの声や、また、汽車のゆく音のような、かすかなとどろきが聞こえてくるばかりであります。

おばあさんは、いま自分はどこにどうしているのかすら、思い出せないように、ぼんやりとして、夢を見るように穏《おだ》やかな気持ちですわっていました。

このとき、外の戸をコト、コトたたく音がしました。おばあさんは、だいぶ遠くなった耳を、その音のする方にかたむけました。いま時分、だれもたずねてくるはずがないからです。きっとこれは、風の音だろうと思いました。風は、こうして、あてもなく野原や、町を通るのであります。

すると、今度は、すぐ窓の下に、小さな足音がしました。おばあさんは、いつもに似ず、それをききつけました。

「おばあさん、おばあさん。」と、だれか呼ぶのであります。

おばあさんは、最初は、自分の耳のせいではないかと思いました。そして、手を動かすのをやめていました。

「おばあさん、窓を開けてください」と、また、だれかいいました。

おばあさんは、だれが、そういうのだろうと思って、立って、窓の戸を開けました。外は、青白い月の光が、あたりをひるまのように、明るく照らしているのであります。

窓の下には、脊《せ》のあまり高くない男が立って、上を向いていました。男は、黒い眼鏡をかけて、ひげがありました。

「私《わたし》はおまえさんを知らないが、だれですか?」と、おばあさんはいいました。

おばあさんは、見知らない男の顔を見て、この人はどこか家をまちがえてたずねてきたのではないかと思いました。

「私《わたし》は、眼鏡売りです。いろいろな眼鏡をたくさん持っています。この町へは、はじめてですが、じつに気持ちのいいきれいな町です。今夜は月がいいから、こうして売って歩くのです」と、その男はいいました。

おばあさんは、目がかすんで、よく針のめどに、糸が通らないでこまっていたやさきでありましたから、

「私の目にあうような、よく見える眼鏡はありますかい」と、おばあさんはたずねました。

男は手にぶらさげていた箱のふたを開きました。そして、その中から、おばあさんにむくようなな眼鏡をよっていましたが、やがて、一つのべっこうぶちの大きな眼鏡を取り出して、これを、窓から顔を出したおばあさんの手に渡《わた》しました。

「これなら、なんでもよく見えること請《う》け合いです」と、男はいいました。

窓の下の男が立っている足もとの地面には、白や、紅《あか》や、青や、いろいろの草花《くさばな》が、月の光をうけてくろずんで咲いて、香《にお》っていました。

おばあさんは、この眼鏡をかけてみました。そして、あちらの目ざまし時計の数字や、暦《こよみ》の字などを読んでみましたが、一字、一字がはっきりとわかるのでした。それは、ちょうど、幾《いく》十年前の娘の時分には、おそらく、こんなになんでも、はっきりと目に映ったのであろうと、おばあさんに思われたほどです。

おばあさんは、大喜びでありました。

「あ、これをおくれ」といって、さっそく、おばあさんは、この眼鏡を買いました。

おばあさんが、銭《ぜに》をわたすと、黒い眼鏡をかけた、ひげのある眼鏡売りの男は、立ち去ってしまいました。男の姿が見えなくなったときには、草花だけが、やはりもとのように、夜の空気の中に香っていました。

おばあさんは、窓を閉めて、また、もとのところにすわりました。こんどは楽々と針のめどに糸を通すことができました。おばあさんは、眼鏡をかけたり、はずしたりしました。ちょうど子どものように珍《めずら》しくて、いろいろにしてみたかったのと、もう一つは、ふだんかけつけないのに、急に眼鏡をかけて、ようすが変わったからでありました。

おばあさんは、かけていた眼鏡を、またはずしました。それをたなの上の目ざまし時計のそばにのせて、もう時刻もだいぶ遅《おそ》いから休もうと、仕事を片づけにかかりました。

このとき、また外の戸をトン、トンとたたくものがありました。

おばあさんは耳を傾《かたむ》けました。

「なんという不思議な晩だろう。また、だれかきたようだ。もう、こんなにおそいのに……」と、おばあさんはいって、時計を見ますと、外は月の光に明かるいけれど、時刻はもうだいぶ更《ふ》けていました。

おばあさんは立ち上がって、入《い》り口《ぐち》の方に行きました。小さな手でたたくとみえて、トン、トンというかわいらしい音がしていたのであります。

「こんなにおそくなってから……」と、おばあさんは口のうちでいいながら戸を開けて見ました。するとそこには、十二、三の美しい女の子が目をうるませて立っていました。

「どこの子か知らないが、どうしてこんなにおそくたずねてきました?」と、おばあさんはいぶかりながら問いました。

「私《わたし》は、町の香水製造場《こうすいせいぞうじょう》に雇《やと》われています。毎日、毎日、白ばらの花からとった香水をびんに詰《つ》めています。そして、夜、おそく家《うち》に帰ります。今夜も働いて、独りぶらぶら月がいいので歩いてきますと、石につまずいて、指をこんなに傷つけてしまいました。私は、痛くて、痛くて我慢《がまん》ができないのです。血が出てとまりません。もう、どの家《うち》もみんな眠《ねむ》ってしまいました。この家《うち》の前を通ると、まだおばあさんが起きておいでなさいます。私は、おばあさんがごしんせつな、やさしい、いい方だということを知っています。それでつい、戸をたたく気になったのであります」と、髪《かみ》の毛の長い、美しい少女はいいました。

おばあさんは、いい香水の匂《にお》いが、少女の体にしみているとみえて、こうして話している間に、ぷんぷんと鼻にくるのを感じました。

「そんなら、おまえは、私を知っているのですか」と、おばあさんはたずねました。

「私は、この家《うち》の前をこれまでたびたび通って、おばあさんが、窓の下で針仕事をなさっているのを見て知っています」と、少女は答えました。

「まあ、それはいい子だ。どれ、その怪我《けが》をした指を、私にお見せなさい。なにか薬をつけてあげよう」と、おばあさんはいいました。そして、少女をランプの近くまで連れてきました。少女はかわいらしい指を出して見せました。すると、真っ白な指から赤い血が流れていました。

「あ、かわいそうに、石ですりむいて切ったのだろう」と、おばあさんは、口のうちでいいましたが、目がかすんで、どこから血が出るのかよくわかりませんでした。

「さっきの眼鏡はどこへいった」と、おばあさんは、たなの上を探しました。眼鏡は、目ざまし時計のそばにあったので、さっそく、それをかけて、よく少女の傷口を、見てやろうと思いました。

おばあさんは、眼鏡をかけて、この美しい、たびたび自分の家《いえ》の前を通ったという娘の顔を、よく見ようとしました。すると、おばあさんはたまげてしまいました。それは、娘ではなく、きれいな一つのこちょうでありました。おばあさんは、こんな穏やかな月夜の晩には、よくこちょうが人間に化けて、夜おそくまで起きている家を、たずねることがあるものだという話を思い出しました。そのこちょうは足を傷《いた》めていたのです。

「いい子だから、こちらへおいで」と、おばあさんはやさしくいいました。そして、おばあさんは先に立って、戸口から出て裏の花園《はなぞの》の方へとまわりました。少女は黙《だま》って、おばあさんの後について行きました。

花園には、いろいろの花が、いまを盛《さか》りと咲いていました。昼間は、そこに、ちょうや、みつばちが集まっていて、にぎやかでありましたけれど、いまは、葉陰《はかげ》で楽しい夢を見ながら休んでいるとみえて、まったく静かでした。ただ水のように月の青白い光が流れていました。あちらの垣根《かきね》には、白い野ばらの花が、こんもりと固まって、雪のように咲いています。

「娘はどこへいった?」と、おばあさんは、ふいに、立ち止まって振《ふ》り向きました。後からついてきた少女は、いつのまにか、どこへ姿を消したものか、足音もなく見えなくなってしまいました。

「みんなお休み、どれ私も寝よう」と、おばあさんはいって、家の中へ入って行きました。

ほんとうに、いい月夜でした。

マッサージ

東直子

「いや、その、モノとかそういうのじゃなくてさ、その、なんとかさ、もう一回、おれを生き返らせてくれないですかね」

おれは、思わず身を乗り出した。

「ですから、再三申し上げておりますように、それは無理なのです」

「おれがいなくて、みんなすごく困ってると思うんだよね。なにしろ、急だったから。おれも、どうせなら、もうちょっと、段取りを踏んで……。ダメ？　じゃあさあ、誰か他の人間にとりつくっていうのは、どうかな。そうだな、おれがとりついたらもうちょっとましな人生になりそうな……」

「ダメです！　非生命体でなければ、とりつくしまには、できません！」

一喝《いっかつ》するように言われてしまった。なんだか叱られたような気がした。なにもそんな、とりつくしまもない態度をとらなくても、もっと柔軟な対応をしてくれてもよさそうなものなのに。

と、文句ばかり言っていても、らちがあかないようだな。

「……分かりましたよ。分かってますよ、もう、生き返れないことぐらい……」

おれは考えた。頭の中に、会社の自分のデスクが浮かんできた。目の前の席には、谷山《たにやま》がいた。あいつ、冴えない顔してたなあ、いつも。今ごろどうしてんだか。それでその横には、原西《はらにし》。こいつも……。

いやいや、会社の連中の顔など、もう見たくもない。おれにしか分からないことがあるから、今ごろあわててるだろう。気にならないこともないが、まあ、仕方がないか。おれだって、好きで急に死んだわけじゃないんだし。医者には、このままだと死にますよ、と注意されてはいたけど、まさかほんとにこんなことになるとは思いもしなかった。「このままだと死にます」の「このまま」が、どうすれば「このまま」ではなくなるのかを考えているうちに、「このまま」が過ぎてしまったのだ。

「まあ、とにかく」

おれは、冷静になって言った。

「そういうことなら、答は一つです」

「はい」

とりつくしま係も、しずかな声に戻った。

「家に帰ります。帰りたいです」

「家の中のモノになる、ということですね」

「そうです。家族のいる家に帰るのが、いちばん自然でしょ」

「そうですね」

「で、家の中のことを考えてみたんですけどね」

「はい」

「実は、家の中に自分の書斎をつくってたんでね、そこもいいかあとも思うんだけど、家族の誰も入ってこなかったら、意味がないじゃないですか。だから、家族みんなの様子が見えるという点で、リビングがもっともふさわしいと思うんですよ」

「はい、そうだと思います。それで、ご自宅のリビングのなにをとりつくしまになさいますか？　モノを一つおっしゃってください」

おれは、リビングの様子を思い出していた。

茶色の革張りのソファー。色が褪《あ》せて、ボロボロだったなあ。テーブルも、傷とシミだらけだった。部屋じゅうに、いつも雑誌やら新聞やらチラシやら洋服やら、なんだかわけの分からないものが、勝手気ままにちらかってた。子どもたちがいいかげん買い替えて、とせがんでいた、ブラウン管のテレビも、画面がしょっちゅうちらちらして、調子悪かったなあ。色も緑がかってたし。そうだ、そんな雑然とした冴えない部屋の中で、ひときわ存在感を放つ、あれがあったではないか。

「マッサージ器が、あるんですよ。足の先から頭まで、全身マッサージをしてくれるんです。座ってスイッチを押すとね、その人の身体の大きさをまず一度計って、それに合わせてツボを計算してマッサージしてくれるの。すごいでしょ。けっこういい値段したんですよ。あれにとりついたら、おれが家族をマッサージしてあげられる。そしたらみんな気持ちよくなってよろこぶだろうし、おれもうれしいと思うんだよね」

「分かりました。あなたのご自宅のマッサージ器を、とりつくしまにいたしましょう」

とりつくしま係の手から、きらきら光る紙が一枚、現れた。

戻ってきた。おれは、帰ってきた。マッサージ器になって、家にいる。

しみじみとあたりを見まわして、おどろいた。目の前にあるソファーは、布製の新品に替わっているし、テレビも液晶のものになっている。使えるうちは、ほんとうにダメになるまでとことん使えと、あれほど言っていたのに、おれがいなくなったとたん、こんなことに！

誰もいない部屋で憤慨していると、チーン、と澄んだ音がして、線香の香りがただよってきた。奥の和室で、妻の祥子《しょうこ》が手を合わせているのが見える。神妙な横顔。ちょっと痩せたかな。

祥子、仏壇を拝んでいるんだな。おれの仏壇かあ。あそこはたしか、床の間だったよなあ。我が家の、いちばんしずかな場所。あそこに新しくつくった仏壇を置いたんだな。

おれ、やっぱり、ほんとに、死んだんだなあ。こんなふうに、お祈りされてる身なんだ。

悪かった、祥子。その年で、一人にさせちゃって。まだ、子どもたちだって……。

「ちょっと、お母さん、お腹すいたよ。早くしてよ」

ん？　美穂《みほ》じゃないか。美穂、お父さん、ここにいるんだぞ。

「はいはい、ちょっと待ちなさい。ご飯は、まず仏さまにお供えしてから、って言ってるでしょ」

「どうだっていいよ」

「よくないわよ」

「あー、だるい」

言いながら、美穂がマッサージ器のおれを蹴った。

おい、美穂……。

「じゃまっけなんだよ、これ」

「じゃまっけ」だって!?　お父さんがこれを買ってきたとき、おまえ、お父さん、うれしい！　とか言ってすぐに使ってたじゃないか。気持ちいいって、叫んでたじゃないか。

「そうなんだよな、けっこうじゃまなんだよな、それ」

和人《かずと》じゃないか。おまえまで。

「テレビと一緒に、電器屋さんに引き取ってもらえばよかったのに」

「なに言ってるの、二人とも。お父さんの最後の大きな買い物だったのよ。使ってあげなさい」

使ってあげなさいって、そんな、頼まれてまで使ってもらわなくて、結構だ。それより和人、ズボンをだらしなく下げてはくなとあれほど言ったのに。美穂もなんだ、またそんな格好で学校にいったのか。スカートの下にジャージなんか着て、みっともないぞ。

これだから、この家はおれがいないと。

台所の方からおいしそうな匂いがしている。今日、祥子はなにをつくっているのだろう。

「お父さん、今日は煮物とインゲンの胡麻和えですよ」

そうか。

心の中で答えてから、気がついた。今、おれが思ったことが聞こえて、祥子は返事をしてくれたのか？

いや、祥子は、マッサージ器のおれにではなく、正式なおれ（仏壇）に向かってつぶやいていたのだ。今日のおかずを、小さな器に入れて供えている。

上げ膳、据え膳。

生きていた間も、死んでからも、してもらってたんだなあ、ずっと。

しかし祥子、おれはもう、なにも食べられないよ。

そっちはもういいから、こっちに来て、おれに座れよ。疲れてるだろう、いろいろと。おまえの身体の凝っているところを、これまでの罪ほろぼし、というわけでもないが、いくらでもほぐしてやろう。

電子頭脳に、おれの魂が加わったんだ。誰にも、世界中の誰にも負けない、すばらしいマッサージをしてあげるよ。

しかし、祥子は、お供えを済ませると、おれに一瞥もせずに台所の方にいってしまった。

食事のあと、和人と美穂がソファーでテレビをしばらく見ていたが、おれを使うこともなく出ていった。それぞれ自分の部屋にひきこもってしまったようだ。

使わないいなら、邪魔なだけだよな、確かに……。

和人は大学生、美穂は高校生、か。

もう、家族全員でテレビを見たり、話したり、わいわいやる時期は過ぎてしまったのか。といっても、おれは毎日家族が寝静まったころにしか帰っていなかったから、どんなふうだったか、よく知らないが。

おれの人生ってなんだったんだろう。

誰もいない、リビングのうすやみの中で、おれは考えた。

窓の向こうに、たくさんの窓が見える。窓には灯がともっている。青みがかった灯り、黄色い灯り、オレンジに近い灯り。人間が、生きて、活動している証《あか》しだ。

おれもついこの間まで、自由に灯をつけたり、消したりできる人間の一人だった。もう灯をつけたり、消したりすることはできない。そんなことは、とるに足らないことだが、こうなってみると、たいしたことでもあったのだ、と思う。

そんな、とりとめもないことを考え続けていると、急に部屋がぱっと明るくなり、窓のカーテンが勢いよく閉じられた。祥子だった。

「よいしょっと」

祥子が、おれに腰かけた。あたたかい。ああ、やっと来てくれたか。スイッチが押された。おれは動ける。よろこばしい。

おれは、祥子の身体のかたちをゆっくりと確かめる。そうだ、こんなふうだった。なつかしい。それにしてもおまえ、凝ってるぞ。肩も、腰も、ふくらはぎも。かたくなっているところには、自然と力が入る。すると、祥子が、ん、と小さな声をもらす。おれだけが知っている声だ。

ふと、祥子と出会ったころのことを思い出した。二十年以上も前になるな。祥子は、ぼんやりした感じの、色の白い女だった。

つき合い始めたのは、夏だったな。おれが買ったばかりの車で、あちこちドライブしたものだ。

かんかんに熱くなった車に乗って、クーラーをめいっぱい入れたときに、吹きだし口からごうごうと吹いてくる風が好きだと言っていた。あついねーと言いながら、気持ちよさそうに顔を近づけると、前髪が風に吹き上がって、おでこが丸見えになって、かわいかった。

海にいったとき、祥子の身体は、色白でむっちりしていて、生々しかった。浜辺に座って、足首を握っていたから、なんでか訊いたら、太いから恥ずかしい、と言った。そういえば、いつも三つ折りの靴下をはいていたっけ。

おれたち、若かったよな。

夏の強い光に、白い肌がほてって真赤になった。お互いの鼻が赤くなって、笑い合った。

いつ、結婚しようって、思ったんだったかなあ。

結婚したら、すぐに子どもが生まれて、おれの仕事も忙しくなるばかりで、毎日、あわただしかったよなあ。

おれは、語りかけるように、祥子の身体を固い球体でもみほぐしつづけた。うなるようなおれの音と、小さな祥子の声が、しずかに、ひびきあった。

なあ、祥子、おれと結婚して、後悔したことはなかったか。一度でも、なかったか。

いや、問いつめるというわけではなくて、おまえにとって、どうだったのかな、と思って。

おれは、結婚を、こんなカタチで終わらせてしまったわけだが、おまえは、これからも生き続けるんだよな。この部屋に、光をともして。

マッサージ器の規定の時間が過ぎ、おれは、止まった。しかし、祥子は、ずっと座ったままだった。

おい……。

「お母さん、やっぱりこんなところで寝ちゃってる」

美穂がいつの間にか、入ってきていた。

「ん……、寝てなんか、ないわよ」

祥子が、いかにも寝起きの声で答えた。

「うっそー、寝てたよ。いっつもそうなんだから。風邪ひいたらどうするの」

「はいはい。じゃあ、お母さん、お風呂にでも入ってくるわね。今、お兄ちゃん入ってない？　美穂は入ったの？」

「うん」

祥子は、いつも、いちばん最後に風呂を使っていた。祥子の風呂は、長かった。風呂に入りながら、よく本を読んでいた。歌も歌っていた。でも、歌ってただろう、と言うと、歌ってないわよ、と、ムキになって言い返してきた。ほんとうに覚えがないらしかった。不思議な生き物だ、と思ったものだ。

しばらくすると、祥子が風呂を使う水の音が聞こえてきた。水の流れる音、はねる音。水の音は、こんなにも淋しいものだったのか。また歌でも歌えばいいのに。

「お父さんのバーカ」

美穂の声が聞こえて、はっとした。なんだ、いきなり。ずっとそこにいたのか。

美穂は、座りもしないで、マッサージ器のスイッチを入れた。

なぜ座らずに、スイッチを押すのだ。電気がもったいないではないか。そう思っても、スイッチを入れられると動くしかないのが機械の悲しいところである。おれはとにかく、架空の人物の身体に合わせて、動きはじめた。

抵抗がないので、さっきに比べて、うそのように軽々と動ける。しかし、むなしい。

美穂、おまえ、ここに座ればいいじゃないか。

「お父さんのバーカ」

また言ったな。まったく、誰のおかげで大きくなれたと思ってるんだ。

美穂は、マッサージ器にもたれかかるようにして床に座り、ひじあてのところにあごをのせた。そして、マッサージ器の動いているあたりに手をあてた。

「お父さん、もっと、使えばよかったのに。もっと、たくさん生きてさ。あたしが、使いにくいじゃん」

なにを言ってるんだ。別に、どんどん使えばいいじゃないか。おれは、おまえたちを気持ちよくしてやろうと思って、これにとりついたんだぞ。いいから、ここに座りなさい。

「ねえ、お父さん、気持ちいい？」

え？

気持ちいいもなにも、おれが自分で動かしてるんだが。

美穂の顔をじっと見てみた。美穂は、おれをぼんやりと見ている。いや、正確には、おれが座っているであろうあたりを、見ているようだ。そうか、おれがマッサージされているのを想像しているんだ。

大丈夫だ、美穂。お父さん、気持ち、いいぞ。こうしているだけで、十分、気持ちいいぞ。

おれは、まぼろしのおれのために、懸命に動いた。

FINE CUTE

あけがたにくる人よ

永瀬清子

あけがたにくる人よ
ててっぽっぽうの声のする方から
私の所へしずかにしずかにくる人よ
一生の山坂は蒼くたとえようもなくきびしく
私はいま老いてしまって
ほかの年よりと同じに
若かった日のことを千万遍恋うている

その時私は家出しようとして
小さなバスケット一つをさげて

足は宙にふるえていた
どこへいくとも自分でわからず
恋している自分の心だけがたよりで
若さ、それは苦しさだった

その時あなたが来てくれればよかったのに
その時あなたは来てくれなかった
どんなに待っているか
道べりの柳の木に云えばよかったのか
吹く風の小さな渦に頼めばよかったのか

あなたの耳はあまりに遠く
茜色の向うで汽車が汽笛をあげるように
通りすぎていってしまった

もう過ぎてしまった

いま来てもつぐなえぬ
一生は過ぎてしまったのに
あけがたにくる人よ
ててっぽっぽうの声のする方から
私の方へしずかにしずかにくる人よ
足音もなくて何しにくる人よ
涙流させにだけくる人よ

FINE CUTE

妻が椎茸だったころ

中島京子

これはたがも。
たがもじゃなくて、たまご。
たがも。
そうじゃなくて、たまご。
たがも。たがも？
こっちは？
あまいの。
あまいの？　こっちは？
みどりの。
みどりのか。じゃ、これは？

かい。

そう、かい。これは？

しいたこ。

しいたけ。

しいたけ。

＊

妻が亡くなったのは七年前の寒い日で、泰平《たいへい》の定年退職の二日後のことだった。昼近くなっても起きてこないので、亭主が会社に行かないでいいとなるとそこまで怠惰《たいだ》になれるものかと軽口を叩きながら寝室に起こしに行くと、妻は心臓の鼓動を止めていた。救急車が運んで行き、死因は、くも膜下出血だと診断された。前夜、気分が優れないと言って先に寝たのを思い出したが、そのまま逝《い》ってしまうなんて思いもしなかった。

嘆く暇もなく葬式を出し、二、三週間がまたたく間に過ぎて、人の出入りも途絶え、一人呆然《ぼうぜん》としていた夜に、都心で一人暮らしをしている娘から電話があった。

「思い出したんだけど、明日は杉山《すぎやま》先生のお教室だったわ。人気があってキャンセルできないからお父さん代わりに行って」

「なんの話だ？」

朦朧とした意識の中で、泰平は訊ねた。

「やだ、知らないの？　お料理教室よ。お母さんが申し込んでたのよ。めちゃくちゃ楽しみにしてたわよ、お母さん。杉山登美子《とみこ》先生のお教室に当たるのって、ドリームジャンボに当たるみたいなもんなのよ。お金も払い込んであるの」

「そういうのは、お前が行ってくれたらいい」

「そうできたらいいんだけど、私は仕事があって無理。お父さん、明日は予定ないでしょう？　気晴らしに行ってきたらいいじゃない」

「料理なんかできない」

「だからいいんじゃない。教えてもらってくればいいのよ。お教室なんだから」

「そういうわけにはいかない。断りの電話をかけるから、連絡先を教えなさい」

「行ったほうがいいんだけどねえ」

娘は電話口で少しイライラした声を出した。

「ねえ、お父さんだって、なんでもこれから自分でやらなきゃならなくなるわけじゃない？　だからその第一歩として」

「連絡先は？」

「お母さんの電話帳にメモしてあると思うけど。だけど、断れないわよ。杉山先生のお教室をキャンセルだなんて、前代未聞よ」

「死んだのに断れない料理教室なんか、あるもんか」

泰平は娘に啖呵《たんか》を切って受話器を置き、几帳面《きちょうめん》な妻の電話帳から「杉山登美子料理教室」の電話番号を探し出した。

「杉山登美子料理教室でございます」

電話の向こうの明るい声が言った。

「私、明日、伺う予定の石田美沙子《いしだみさこ》という者の夫で」

そこまで言うと、明るい声は後を引き取るようにして、またうららかな声を出した。

「石田さまでいらっしゃいますね。お嬢様からご連絡いただいておりますよ。明日、お待ちしております」

「え？」

「お嬢様にもお伝えいたしましたが、椎茸《しいたけ》のみ、煮たものをお持ちくださいませ」

「え？」

「椎茸のみ、甘辛く煮てお持ちくださいませね」

「いや、実は先日、妻がくも膜下出血で」

「本当にねえ」

明るい声の主《ぬし》は、深く同情したいという気持ちと早く電話を切らねばという気持ちがせめぎあうような間を置いた。

「もう、どんなにお辛《つら》いか。心より、お悔やみ申し上げます。では明日、一時にお待ち申し上げておりますので。失礼いたします。ごめんくださいませ」

泰平は受話器を手にしたままその場に立っていたが、もう一度「杉山登美子料理教室」に電話する勇気はなかった。かわりに娘に電話した。

「ごめんなさい、お父さん、ちょっといま、友達が来てるの」

周囲をはばかるような声を、娘は出した。

「わかった。すぐ切る。さっき料理教室に電話した。椎茸ってどういうことだ？」

「ああ、そうだった。明日は散らし寿司なのよ。椎茸を甘辛く煮て持っていくの。そうね、五個くらいって言ってたわ。生はダメよ。干したやつを戻して煮るの。ごめんなさい、あとで電話します」

椎茸――？　干したやつを戻して、甘辛く煮る――？

泰平は電話台の横にあった椅子に横向きに座り込み、しばらくその場にじっとしていた。

それから椎茸と料理教室については考えないことにした。書斎に行き、読みかけの本に目を落とした。追う文字はまるで頭に入ってこなかった。それでも彼は何かに挑戦するような面持ちでビジネス書をにらみ続けたが、二時間ほどして、観念して台所に立った。

ちくしょう、見つかる気がないなら煮てもやらないぞ。干し椎茸を探しながら、泰平は独り言を言った。椎茸のために近所のスーパーへ行くなんてごめんだぞ。脅しに屈したのか、椎茸は思いのほか簡単に見つかった。乾物《かんぶつ》がまとめて入れてある引き出しのいちばん手前に、買い置きの袋があったのだ。

小ぶりの干し椎茸が六個入っていた。見た目だけではとても食べ物とは思えない、石くれのような塊を見つめていた泰平は、まず何を思ったか包丁を取り出して、中の一つに刃を振り下ろした。

「うぉお？」

次の瞬間に、彼は包丁を抛《ほう》り出し、うっかり切ってしまった左手のひとさし指の先から噴き出した血を必死で舐《な》め取りながら、その場でどたんばたんと足を踏み鳴らした。件《くだん》の干し椎茸は、俎板《まないた》から勢いをつけて飛び去って流しの縁に当たり、コン、という景気の悪い音を立ててシンクに転がった。泰平は椎茸を恨めし気に見やってから、救急箱を探しに行った。なにはともあれ、切った指に絆創膏《ばんそうこう》を貼ろうと思い立ったのだ。

舐めても舐めても鮮血が滲《にじ》んでくる指に、バンドエイドを貼っていると、なぜ自分が椎茸めがけて包丁を振り下ろしたのかがわからなくなってきた。

散らし寿司、と娘は言った。泰平の知る限り、散らし寿司に入っている椎茸は細かく刻まれて寿司飯にまぶしてあった。だから椎茸はごろんと丸のままではなく、スライスされていなければならないと思ったのだ。しかし、切ってから煮ようと思ったのは間違いだったと、彼も認めざるを得なかった。柔らかく煮てからなら、椎茸を切るなどというたやすい作業に、大の男が手こずらされるはずがない。

泰平は居並ぶ五個の干し椎茸を、心の中で恫喝《どうかつ》した。左手を傷つける結果を招いた一個は、そのまま流しの隅の生ゴミ入れに捨ててやった。

泰平は椎茸を雪平鍋《ゆきひらなべ》に入れた。美沙子が味噌汁を作るのに使っていた鍋だ。そしてそこに醬油と砂糖を入れた。甘辛く、と娘は言った。料理教室の電話の女も言った。甘辛く煮ておけば、文句はないだろう。砂糖は甘く、醬油は辛い。誰でも知っていることだ。ままよ――。泰平は鍋を焜炉《こんろ》に載せて火をつけた。

がちがちに干し固まった椎茸が、柔らかく甘辛く煮えるまでには、若干時間もかかろうかと思えたので、彼はキッチンスツールに座り、料理本が並ぶ棚に無造作に置かれていた古びたノートを手に取った。小豆色《あずきいろ》をした布の表紙で、角が少しほつれていた。それは妻が残していたレシピ帳であり、日記帳でも、雑記帳でもあるような代物《しろもの》だった。泰平は妻がそんなものをつけているとは知らなかった。ふと開いたページには、こんなことが書いてあった。


「子供のころ、『スープのスープ』という話を読んだことがある。

　物語の主人公はホジャという、ほら話やとんち話の得意なトルコ人で、ある日、友達に焼いたウサギをご馳走《ちそう》したら、それが評判になって友達の友達が家におしかけてきた。そこでホジャは焼いたウサギの残りでスープを作って食べさせるのだが、そのスープもうまかったというので、またその友達の友達の友達が訪ねてくる。ホジャは鍋の底のスープ一滴を注《そそ》いだお椀に湯を足して、『これはスープのスープです』といって、友達の友達の友達に出した。それ以上、誰も訪ねて来なかった。たしか、そんな話だ。

　ときどき、スープのスープを出したくなる。お前には食う権利などないのだと言ってやりたくなる。しかし、トルコの人は友達を大切にして、家を訪ねてきた人にご馳走を振舞うのを習慣にしているとも聞くから、この話はもしかしたら、まったく別の話として読むべきなのかもしれない。たとえば、どんなに貧しくとも何か出すべきであるとか。

今日も夫が誰かを連れてくる。夫は私の料理が自慢なのだ。私の料理の腕はいい。けれどそんなことを自慢して何になるのか。

私は昼に、冷蔵庫を整理するために野菜のチャプチェを作った。チャプチェは韓国料理で、春雨《はるさめ》と野菜を使った炒めものだ。ほんの少しでも、豚肉が入るとおいしい。今日は、タケノコ、黄ニラ、椎茸、人参、モヤシ、キャベツが入った。毎回、入るものが違う。黄ニラだけは、この料理を作るためにこっそり買ったのだ。黄ニラは高い。黄ニラとか香菜《シャンツアイ》とかふくろ茸《だけ》みたいなものは、主婦が一人で食べる昼ごはんの中に入るのは珍しい。思い切って買わなきゃ入らない。でも、黄ニラが入ると炒めものはおいしいし、色味もきれいなのだ。

材料はすべて、モヤシと揃えて細く切る。細切りした豚肉は、塩と酒で下味をつけて、いちばん最初に炒める。みじん切りにしたニンニクを弱い火で温めて香りを出したら、火を全開にして下味ごとジャッと一気にフライパンに入れる。肉の色が変わったら、ぐずぐずしていてはいけない。椎茸、人参、モヤシ、キャベツ、タケノコ、黄ニラを放り込み、湯で戻した春雨——もちろん適当な大きさに切っておかないと始末に負えない——を入れ、水分を飛ばし、中華スープの素《もと》と、柚子《ゆず》入りの出汁《だし》醤油で味つける。鍋のタレにする、あの出汁醤油だ。もちろん、お砂糖やみりんを使って、甘目に味つけするのが本当だけれど、私は焼きそばや焼きビーフンにちょっと酢をかけるのが好きだから、最初から酸っぱいタレを使ってみたらどうかなと思ったら、案外簡単かつおいしい。でも、家族全員が好きかどうかはわからないから、みんなが集まる食事には出さないメニューだ。

こうして一人で気ままに食べる時間が、私はいちばん好きだ。夫や子供のために料理をするのは、どちらかといえば義務のようで好きじゃない。その上、仕事仲間など連れてこられては、緊張するばかりでまったく楽しくない。それでも、三十年以上もこの生活を続けているのだから、いい加減慣れてしまえばいいのにと思う」

ここまで読んで泰平が顔を上げたのは、書かれた内容に唖然《あぜん》としたからではなくて、醤油と砂糖が焦げ付くにおいが鼻をついたからだった。

「ちくしょうっ！」

慌てて火を止めて蓋を取ると、鍋にはチョコレートのように見える醬油が沸々《ふつふつ》と煮えたぎり、石くれ状の干し椎茸も、真っ黒になっていた。

「あぢい！」

叫ぶより早く、彼はつまみ上げた椎茸の塊をまた鍋に叩き込んだ。切り傷からは免《まぬが》れた右手の指に、赤くうっすらと軽い火傷《やけど》の痕《あと》が残った。

眉間に皺を寄せた泰平は、鍋の中の黒い物体が熱を持たなくなるまで辛抱強く待った。それから一個つまんで前歯に当ててみた。かりっと、嫌な音がした。

甘辛く煮られるはずの椎茸は、苦く、塩辛く、炭めいた味がした。そればかりか、黒い物体は、柔らかさの欠片《かけら》も持ち合わせていなかった。

「はっ」

泰平は誰にともなく侮蔑《ぶべつ》的な音声を発した。

どのみち、明日、馬鹿げた料理教室に出かけていこうなんて気はさらさらなかったのだと、泰平は自分自身に言い訳をした。しかも、椎茸を五個持って。煮た椎茸を五個持っていそいそ料理教室に出かける六十過ぎの男がどこにいる？

それから妻のレシピ帳を持って書斎に戻り、ビジネス書のかわりにそれを読んだ。所々に愚痴があり、所々にレシピがあり、所々に自慢も書かれていた。

「お父さんは、ずるい」

とか、

「サトには言うんじゃなかった。悔やまれる」

などという愚痴のすぐそばに、レシピのメモがあり、新聞や雑誌の料理記事の切抜きが貼られていた。読みながら泰平は、食べたことがあるものを思い出したりした。料理を作るのが嫌なら、言ってくれればよかったじゃないか。最初に読んだ箇所が頭にひっかかって、泰平を小さく責め立てた。嫌なら何も、仕事仲間なんか連れてこなくたってよかったんだ。

人に食べさせるのは苦痛と書いておきながら、

「村田さんがこれをおいしいと言って、レシピを欲しがったので、メールで送った」

などと自慢めいたことも書いてあるから、妻の本気がどこにあったのか、いまではもうわからない。

頁《ページ》をめくっていたら、「椎茸」という文字が目に入ったので、なにげなく手を止めた。

「椎茸の学名は *Lentinula edodes* といって、この *edodes* が、江戸です、と読めるから日本のものだという話があるけれど、本当はギリシャ語の *εδωδιμος* であり、〈食べられる〉という意味なのだそうだ。

ギリシャ文字の丸々したところは、なんとなくかわいい。とくに、o に尻尾《しっぽ》が生えた、おたまじゃくしみたいなのが二つ入っているところが好きだ。おたまじゃくしに見えるだけじゃなくて、それじたいがキノコのようにも見える。逆立ちしたキノコ。キノコが二つ並んでいるのはとてもかわいい。一つだけでは、あまり魅力的に思えない。

キノコといえば、子供のころに読んだ『キノコとキノコ』という話を思い出す。キノコという名前の女の子が森に迷い込んで、自分そっくりのキノコと出会う話だ。もしかしたらこの話を読んだから、キノコは二つ並べたほうがかわいいと思うようになったのかもしれないし、それとはまったく関係ないのかもしれない。

そのキノコは茶色のおかっぱをしていて、赤いリボンをつけていたけれど、私は、あれは椎茸だったと思っている。

椎茸が二つ並んでいる姿はとてもかわいい。もし、私が過去にタイムスリップして、どこかの時代にいけるなら、私は私が椎茸だったころに戻りたいと思う」

自分の妻が、過去に椎茸だったことがあったかについて、泰平は思いをめぐらすことをしなかった。そういった類の想像力を、持ち合わせてはいなかったのだ。自分が犬だったり猫だったり、前世で弘法大師《こうぼうだいし》だったりローマの大司教だったりするというような。

小腹が空《す》いてきた泰平は台所へ取って返して「湯をかければ食べられる素麵《そうめん》」を食べた。原理としてはインスタントのチキンラーメンとまったく同じで、湯をかけて蓋をして三分待てば食べられる麵だったが、袋に「料亭○○の味」と達筆で書いてあって、実際、名のある料亭で開発されたものらしい。

「これなら食べても惨《みじ》めな気持ちにならないと思って」

そういって、娘が置いていったのだ。

「毎日食事を作りに来るわけにはいかないから」

多めに入れた湯で腹を膨らまし、風呂に入って、布団に入った。とくにすることもなかったから、早く寝るのがいちばんだった。

翌日目が覚めると、なんだかいい匂いがした。

まるで妻が煮物でも作っているようだった。妻ではなくとも、たとえば娘が来て何か作っているのかもしれない。淡い期待か夢のようなものに突き動かされて、泰平は寝室を出て匂いのするほうへ向かった。

台所のガス台の上に、昨日置きっぱなしにした雪平鍋があり、こげ茶の液体の中に黒い丸いものが五個浮かんでいた。

泰平は椎茸を摘《つま》み上げた。驚いたことに、その丸い物体は昨日とうってかわって柔らかい。干したやつを戻して煮るの——。娘の言葉が脳裏に甦《よみがえ》った。

「おまえたち、戻ったのか!」

独り言が口をついて出た。

昨日間違っていたのは、「戻す」というステップを完全に忘却していたことだった。乾物は液体につけて「戻し」、しかるのちに「煮る」という二段階を経て食用可能になる。醬油と砂糖で焦げ付いた鍋に水を入れ、一晩拋っておくという暴挙は、期せずして椎茸を「戻し」、あの石くれか泥団子のように見えた姿から、ふっくらしたキノコ本来の見てくれに変えていたのだった。しかもどことなく食欲を呼ぶ香りも放って。

泰平は誘惑に駆られて、椎茸の端を齧《かじ》ってみた。こりっとした歯ざわりを残しながらも、椎茸は甘辛いタレを含みしっとりと柔らかい。その上、嚙んだそばから椎茸本来の旨味《うまみ》が染み出してきて、もはや「うまい」と言っても過言ではなかった。

泰平は鍋を凝視した。

そして椎茸をいったん取り出して、石突《いしづき》を切り、薄くスライスしてみた。もちろん、昨日あれほど頑固に包丁を拒んだ物体は、驚くほど簡単に切れてしまった。椎茸が浸っていた液体はうす甘辛く、これが少し煮詰まるといわゆる椎茸の旨煮ができそうな気がした。気をよくした泰平はそれらをまた鍋に戻して、今度は焦がさないように弱火にかけた。たしかにほんのりと焦げた苦味を漂わせなくもなかったが、椎茸の出汁と調味料の味がそれを都合よく消していて、熱が入るとなんともいい匂いを台所に充満させた。

椎茸がつややかに煮あがったとき、泰平はなんのためらいもなく外出を決めた。ここまで美しく煮えた椎茸を、誰かに見せたくなったのだ。しかも妻が逝ってからというもの、法事の膳《ぜん》以外はまともなものを口にしていなかった。散らし寿司は泰平の好物でもあったのだった。

泰平は杉山登美子料理教室の住所を確認して家を出た。

杉山登美子料理教室は、代々木上原《よよぎうえはら》の瀟洒《しょうしゃ》な住宅街にあった。細い坂道を上りきった丘の上のお邸《やしき》の呼び鈴を押すと、小柄な女性が出てきて迎えてくれたが、杉山登美子本人はなかなか現れず、タッパーに椎茸の旨煮を入れてきた泰平は、ぴかぴかしたオープンキッチンに置かれたパイプ椅子に腰掛けて待つことになった。

調理台の上には、小さなバットや小皿にそれぞれ、人参、刻み穴子、菜の花、桜でんぶ、切りゴマが入って並んでいた。それからごろごろした蛤《はまぐり》、卵、砂糖、塩、酢の類。清潔な布巾《ふきん》と菜箸《さいばし》、しゃもじ、そんなものが整然と置かれてもいる。

「お待たせしまして」

杉山登美子女史は、長い髪を纏《まと》め上げて大きな髪留めをつけ、ふっくりした体に細かい花模様のワンピースを着て、白いさっぱりしたエプロンをつけていた。

「個人レッスンですのよ」

おどおどしている泰平に杉山女史は笑いかけた。キッチンには、あいかわらず二人しかいなかった。

「椎茸はお持ちになって？」

耳元で女の声が響いた。椎茸——。持ってきたタッパーを出そうとして、急に泰平は恥ずかしくなり、躊躇《ちゅうちょ》の表情を浮かべたが、女史はにっこりして手を伸ばし、おずおずと差し出す泰平の手から煮上がった椎茸を取り上げた。

「いつも何か一つ、作ってきていただくことにしてますの。だってね、散らし寿司のいいところはね、いろんなお味が混じるところなの。一つ一つ別々に下ごしらえしなくてはなりませんでしょう？　かんぴょうと椎茸と人参を一緒に煮るわけにはいかない。一つ一つ別に作るからそれぞれのお味が引き立つのね。それを酢飯に絡めていくの。そうするとお酢が上手にそれぞれの個性をまとめていくのね。個性は強ければ強いほどおもしろいの。だから、一人で下ごしらえするよりも、他の人の作ったものが入るほうがおもしろいの。散らし寿司のおもしろさが引き立つの。あら、いい椎茸」

女史は泰平の持ってきたタッパーの蓋を取って言った。

「今日のお寿司もおいしくなりそう」

それから彼女は白米を磨《と》いで出汁昆布《こんぶ》といっしょに炊飯器に入れ、酢に砂糖と塩を加えて火にかけて寿司酢を作った。その配合やら火加減のこつやらをレクチャーしていたが、泰平の耳には入ってこなかった。ただ、それを取ってこっちに渡せとかいうのに、機械的に従っていただけだった。

「煮蛤のポイントは」

と、彼女は大きな蛤を二つ鍋に入れて酒をふりかける。

「こうして酒蒸《さかむ》ししたものを、いったん取り出しておいて、エキスの出た鍋に醬油と砂糖とみりんで甘辛の汁を煮詰めて、一晩漬け込むこと。こちらに、出来上がったものがあります。次に錦糸卵《きんしたまご》を一緒に作りましょう」

二人は無言で卵をかき混ぜ、砂糖とほんの少しの塩を入れ、熱くしたフライパンに卵液を落として、薄焼き卵を焼いた。二人で並んで、杉山女史の動作を端から真似るようにして泰平も卵を焼いた。菜箸の先で薄い紙のような円形の焼き卵をひっくり返すときは、さすがに大変緊張した。薄焼き卵を錦糸に切るとき、女史は泰平の左ひとさし指のバンドエイドを見咎《みとが》めて、理由を聞き出して笑った。

白米がふっくらと炊き上がり、二人は酢飯作製に入った。飯台に炊き立ての白米をあけ、寿司酢をかけてしゃもじで混ぜる杉山女史の脇で、大きな団扇《うちわ》で飯を煽《あお》ぐのが泰平の役目だ。それから刻んだかんぴょうと人参、刻み穴子が同じ要領で飯に混ぜられていった。泰平の煮た椎茸の半分も細かく刻んで混ぜ込まれた。

「半分は飾りにいたします」

杉山女史はきっぱり言った。

「妻が、来る予定でした」

団扇を動かしながら、泰平はなぜだかそう告白した。

「受けつけの者に、聞きました。急に亡くなられたんでしたか」

杉山女史も手を止めずに答えた。

「くも膜下出血というものでした。とても、なんといいますか、急でした」

「お年はいくつだったのですか？」

「五つ下なので、五十五です」

「おいたわしいことです。お悔やみ申し上げます」

「妻は、椎茸だったことがあるそうです」

　唐突に口をついて出た言葉に、泰平自身も驚いた。なぜ自分がそんなことを言うのか、わからなかった。昨晩読んだ、妻のレシピ帳に書いてあったのだ。もし、私が過去にタイムスリップして、どこかの時代にいけるなら、私は私が椎茸だったころに戻りたいと思う、と。読んだときは、そのまま読み飛ばしたが、ふと考えてみると異常な感じがした。

　死んだ妻はひょっとして、頭がおかしかったのではないか。

「人は誰でもそうです」

　落ち着き払って、杉山女史はさくさくと酢飯に具を混ぜていった。

「誰でも？」

　泰平は団扇を止めて、目を上げた。

「料理とはそういうものです」

そう言っておいて、女史は太陽のように笑い、

「さあ、盛りつけですよ」

と嬉しそうに朱塗りの箱を二つ取り出した。漆の四角い器に、甘辛い煮汁で少し色のついた寿司飯がちょうど半分に分けられて、それぞれに敷き詰められた。

「人は料理のことがよくわかっていないのです。料理をしない人には、料理のことがよくわからないのです。奥様はお料理をよくなさった方でしたのね」

女史と泰平は、隣に並ぶ形になった。後は盛りつけなので、用意した具材を好きなように載せていけばいいのだが、

「まずはこちら」

と女史は言って、均《なら》した寿司飯の上に、きれいな黄色をした錦糸卵をふわふわと万遍《まんべん》なく載せていった。泰平もそれにならって、細く切った薄焼き卵をちりばめる。

「私はいまたとえば、この卵が親鳥のおなかにあったときのことを考えているのです。ちなみにこの卵は有精卵です。大山《だいせん》のふもとで生まれましたの。卵を手に取りますとね、殻を通して記憶が伝わってきますの」

「殻を通して記憶が？」

「ええ。私が大山で鶏のおなかにおりましたときの記憶が、甦ってまいりますの」

「え？」

「そうした意味で、私にとりましてもっとも美しい思い出はやはり、ジュンサイだったときの記憶ですね」

「ジュンサイだったとき？」

女史は次々と調理台の上の具材を取り上げては、明るい黄色をした錦糸卵の上に載せていった。

「あれはまだ私が娘の時分でございました」

杉山女史は目を細め、遠い昔を思い出すように顎《あご》を上げた。

それから一瞬盛りつけの手を止めて、清水《しみず》と陽の光を潤沢《じゅんたく》に浴びながら、日がな一日ふるふる揺れていた、芽を出したばかりのジュンサイだったころのことを語り始めた。

「沼は人里からは少し離れておりまして、冬の間は薄氷がかかるのですが、雪解けとともに水ぬるむ春が訪れて、そうなりますともともと開けて日当たりのいい場所ですから、私たちはむくむくと体の奥から生命の力が満ちてくるのを感じます。すでに葉は大きく沼にたゆたっておりまして、少し大きな欠伸《あくび》をするような気持ちで体を伸ばしますと、沼の向こうに楢《なら》の木が二本伸びて立っているのが見えました。とにかく水のきれいな沼ですから、朝陽が上るともう空の様子を逐一《ちくいち》鏡のように映し出します。ですから、葉と葉の間は水色の空と白い雲を映して、風が吹けば私たちは空とともに陽光を浴びて揺れるのです。暖かい日が続くと、さすがに待ちきれなくなって、私たちのほうでもどうにか小さな花をつけるのが夏の初めくらいです。それは睡蓮《すいれん》などにくらべたら地味な花ですけれど、あれがふっくらと蕾《つぼみ》を膨らませて、朝、ほこりと開くときの、えもいわれぬ艶《あで》やかで誇らしい感じは、なかなか忘れられるものではありません。花の季節が終わると、とうとう新芽が出てまいりますが、自分の体がこう、つるっつるっと分裂していく。あのなにげないようで相当に強い、寒天質の粘液に護《まも》られて、ぷるるるんと澄んだ水の中に生まれ出るときの感覚は、そうですねえ、年甲斐《としがい》もなく妙な言葉を使うようですが、恍惚《こうこつ》、といったものに近かったと思います。ただ、水の表面でたゆたう、たゆたう日々。あれが私の人生で最も幸福な瞬間でした」

そう語る間に、杉山女史の手は小さなバットや小皿と漆の器を行ったり来たりして、散らし寿司をおいしそうに彩っていった。

「お好きなように載せてみてくださいね」

女史は桜でんぶを散らし、酢バスと椎茸を載せた。

「ルールや法則があるわけではありませんから」

泰平はうなずいて不器用に小皿を取り上げ、煮蛤と菜の花を置いた。

「まあ、なんてきれい」

できあがったものを見て、杉山女史は満足げに溜《た》め息をついた。料理教室は終了のようだった。

漆塗りの箱に自分で詰めた散らし寿司を、泰平は持たされた。

「また、お会いできますか？」

と、泰平は帰りぎわに訊ねたが、杉山女史は一瞬考えてから答えた。

「お教室は予約がいっぱいなので、一度受講されたかたの再受講はご遠慮いただいております。お料理は一期一会ですから。ただ」

女史は少しだけ間を置いて、

「もしかしたら、またいずれ、どこかでお目にかかるかもしれませんね」

にっこりと笑って泰平を送り出した。

泰平はその日、酒を呑みながら一人で散らし寿司を食べた。なんだかひどく、旨いような気がした。

そしてほかにすることもなかったから、台所の隅の料理本が並ぶ棚の中から、昨日見つけた妻のレシピ帳によく似たノートを、ほかに二冊見つけ出した。

全部で三冊。驚くほど昔のものは見当たらなかったが、十年ほど前のものは見つかった。もしかしたら、娘が家を出て、二人暮らしになったころから、書き始めたのかもしれない。

そもそもの初めから、ノートはレシピだったり、愚痴だったり、自慢だったりした。食べたことのあるものと、ないものがあったが、むしろ食べたことのないものに興味が湧いた。そこに、泰平の知らない妻がいるような気がしたからだ。生きていた頃に知っておけばよかった妻、でももう知ることのできない妻、妻自身が秘密にしておきたかった妻、それらがゆっくりと立ち上がる気がした。

翌日から泰平は台所に立つようになった。

妻がノートに書いていた料理を、片っ端から作ってみることにしたのだ。

旨いものもあり、なんだかぴんと来ないものもあった。そのうち、いまひとつはっきりしない味に、あれこれ調味料を足してみることも覚え、妻のノートに自分でも書き込みをした。だからいまでは、このぼろぼろのノートなしに、何かを作ろうとは思わない。

七年というのは、あっという間であり、かつ、振り返ろうとするとずいぶんいろいろなことが起こっている長さの時間でもある。

杉山登美子料理教室はあいかわらずの隆盛で、テレビや雑誌には常に彼女の名前が躍っている。

泰平の娘のサトは、あのころ頻繁に自宅マンションに泊まりに来ていた男と結婚して孫のイトを産んだ。そうしておいて、サトは二年前に離婚して、イトと二人で都心のマンションに暮らしている。孫のイトは、今年四歳になる。

小さい子供を抱えて離婚してしまった娘は、さすがに心細いのだろう。あるいは、どうしても人手が必要だったのだろう。泰平はよく呼び出されて、娘と孫の暮らすマンションに出かけていくし、娘たちも意外によく訪ねてくる。妻が生きていれば、妻がしたに違いないいろいろなことを、泰平は孫のためにいくつもやった。料理が作れなかったら、それでもできることはもっと少なかっただろう。

呼び鈴が鳴り、泰平がドアを開けると、イトを連れたサトが立っていた。

「おじいちゃん！」

と叫んで、孫娘が駆け込んできた。

雛祭《ひなまつ》り前の日曜日だから、娘と孫が食事にやってきたのだ。

「散らし寿司は、おじいちゃんのが、いちばんおいしい」

娘のサトも、本気かお世辞か、そう言って、毎年三月には必ず散らし寿司をねだる。

テーブルの上に用意した漆の器を前にすると、娘と孫は同時に嬉しそうな歓声を上げた。

錦糸卵を小さい指で摘み上げようとする孫のイトに泰平は訊ねる。

「これはなに？」

「これはたがも」

「こっちは？」

「しいたこ」

孫のイトは、卵をたがも、椎茸をしいたことという癖がまだ直らないが、それでもずいぶん大きくなった。

長いこと食事を作っているうちに、泰平も、料理についてだんだんわかってきたことがあった。

いまでは、泰平は自分が椎茸だったころのことを思い出すことができる。

櫟《くぬぎ》の原木の上に静かに座って、通り抜ける風を頬《ほお》に感じている姿を思い浮かべる。

記憶によれば、一本ではなく、もう一本、寄り添って揺れる椎茸がいる。

6　キュートな不思議

雑種

フランツ・カフカ／池内紀訳

半分は猫、半分は羊という変なやつだ。父からゆずられた。変な具合になりだしたのはゆずり受けてからのことであって、以前は猫というよりもむしろ羊だった。今はちょうど半分半分といったところだ。頭と爪は猫、胴と大きさは羊である。両方の特徴を受けついで、目はたけだけしく光っている。毛なみはしなやかだし、やわらかい。忍び歩きも跳びはねるのもお手のものだ。陽当りのいい窓辺で寝そべっているときは、背中を丸めてのどを鳴らしているが、野原に出るとしゃにむに駆け出して、つかまえるのに難儀する。強そうな猫と出くわすと逃げだすくせに、おとなしそうな小羊には襲いかかる。月の夜に屋根の庇《ひさし》をのそのそ歩くのが大好きだ。ろくにニャオとも鳴けないし、ネズミには尻ごみする。鶏小屋のそばで辛抱強く待ち伏せしても、首尾よく獲物をしとめたことなど一度もない。

もっぱらミルクをあてがっている。甘いミルクが大好物で、牙で噛みしめるようにしてゆっくりと飲む。むろん、子どもたちの人気者だ。日曜の午前に時間を限っているのだが、膝にのせた私のまわりを近所の子どもたちがぐるりと取り囲むというわけだ。

口々に質問する。子どもらしいとっ拍子もない質問で、誰だって答えられやしないだろう。どうしてこんな変てこりんな動物がいるのか、どうしておじさんとこにいるのか、前にもこんな動物がいたのか、死んだらどうなるのか、さびしがらないか、どうして赤ちゃんを生まないのか、名前はなんていうのか、といった調子である。

私はいちいち答えない。あれこれ説明抜きで、動物をじっくり見せてやるだけにしている。ときおり、子どもたちは猫をつれてくる。あるときなど羊を二頭、ひっぱってきた。ところが子どもたちの予期に反して、鼻をつきあわしても、どちらも格別うれしそうにもしないのだ。いかにも動物の目で、しずかに見つめあうだけだった。自分たちの存在を、おたがいに当然のことと認めあっているふうだった。

私の膝にいると安心らしく、獲物を追いかける気もおこさない。ぴったりへばりついているのが、一番ここちいいのだろう。育ててもらった恩は忘れないようだが、何がなんでも忠実というのでもなく、ある正確な本能をそなえている。つまり、この世に身内といったものはいくらもいるかもしれないが、血を分けた兄弟となるとまったくいないかもしれず、だからこそこのように育ててもらえるのはありがたい、とそんなふうにわきまえているようである。

ときたま、私のまわりをくんくん嗅ぎまわったり、股のあいだに這《は》いこんできたり、しきりにつきまとって離れたがらない。まったく笑いださずにいられないのだが、羊と猫ではまだ不足で、さらに犬にもなりたがっている具合なのだ——そういえば、あるとき、こんなことがあった、誰にも身に覚えがあるだろう、商売がはかばかしくなく、やることなすこと手詰りの状態というやつだ、私はすっかり投げやりな気持になって、家の揺り椅子で寝そべっていた。膝には例のやつをのせていた。ふと見ると、むやみに長いそのひげをつたって涙が光っている。私の涙なのか、それともこいつの涙なのか。この猫ときたら、羊のやさしさに加えて人間の心までも持っているのか——父からろくすっぽ遺産らしいものはもらわなかったが、こいつだけはちょっとしたものだと思いなおした次第である。

どうやら猫の分と羊の分と、まるで別個の胸さわぎを覚えるらしい。いくらなんでも二匹分は多すぎる——かたわらの肘掛椅子にとびのると、私の肩に前足をのせ、耳もとに鼻づらをすりよせてくる。そっと打ち明けている具合であって、実際そのつもりらしく、つづいて私の顔をのぞきこみ、こちらの反応をたしかめようとする。よろこばしてやりたいものだから、私がわかった、わかったというふうにうなずくと——すると床にとび下りて、小おどりしはじめるのだ。

もしかするとこの動物にとって、肉屋の庖丁《ほうちょう》こそいちばんの救いかもしれない。だが、せっかくの遺産である、ここはひとつ相手が息を引きとるまで待つとしよう。もっとも、ときおり分別くさい目でじっと見つめられたりすると、早く当然の処置をしてくれと、せっつかれているようにも思うのだが。

二つの月が出る山

木原浩勝・中山市朗

彼女が小学生の頃、学校まで片道八キロもある山道を毎日通っていた。

同じ方向の村の子供たちは何人かずつの集団を作り登下校をする。通常の時間割りならば、なんとか日の暮れる前に家に帰れるのだが、学校を夕方近くに出ると、村につくまでにはとっぷりと日も暮れてしまうことになる。

そんな時、とくに満月の夜は、途中の山に月が二つ出ることがあった。

「わぁ、月が二つも出ているぞ」

「本当、きれい、きれい」

子供たちはそれを見つけ、口々に月を褒めたり驚いたりするのである。

すると、片方の月がどんどんと子供たちについて移動しながら、その存在を誇示するように輝くのだ。

その月は、いつも高い木の枝葉のあるあたりに現れ、けっしてなにもない空には出ない。

子供たちは、これは狸が化かそうと一所懸命がんばっているのだ、と知っていてだまされたふりをしたのだという。

その証拠に、「きれい、きれい」「月が二つもあるなんて驚いたなぁ」と言いながら森を抜けると、そこからは子供たちについて来なくなる。すぐさま、ダァーッと走って、月の出たあたりに引き返すと、月はいつもなくなっていたのである。

その月は、明るさも模様も本物とまったく同じの、よくできた月であったという。

一対の手

アーサー・キラ＝クーチ／平井呈一訳

「そうよ」とミス・ル・ペティットは、奥行の深い暖炉の火に見入りながら、いっとき膝の上の編物の手をおるすにして言った。「そうなの、あたしね、幽霊を見たことがあるのよ。ほんとのこと言うとね、かなり長いこと、ある家であたし、その幽霊さんといっしょに暮らしていたのよ。」

「まさか――！」と、わたしが連れて行った娘の一人が言うと、もう一人の娘も異口《いく》同音に言った。「エミリーおばさまが？」

ミス・ル・ペティットはおっとりとした人で、暖炉から眼をかえすと、明るい微笑をたたえながら抗弁した。「あのね、あたしこう見えても、あなたがたが考えてるほど臆病じゃないのよ。それに、あたしがたまたま見たのは、この世でいちばん無害な幽霊だったんだもの。じつをいうとね」――ここでもういちど暖炉に目をやって、

――「彼女がいなくなって、残念に思ってるくらいなの。」

「それじゃ、その幽霊は女の人だったんですのね？」とミス・ブランチェが言った。

「女の幽霊っていちばん怖わいものだとあたし思ってますけど。踵の高い、赤い小さな靴をはいて、両手を揉みながら、カタリ、コトリくるんだとか……」

「そうね、その幽霊さんも両手を揉んでたわよ。でも、足は見たことがなかったから、踵の高い赤い靴のことは知らないな。たぶん、なんにも履いてなかったようよ、スペインの女王さまみたいにね。両手はね、あなたがたが揉み手をするのとおんなじよ。たとえば、ナイツブリッジの売場の監督さんみたいに――」

「おばさま、あたしたちおばさまのお話を死ぬほど伺いたがっているの御存じなのに、そうお話を散らかさないで下さい。」

ミス・ル・ペティットはわたしの方を向いて、まあどうしましょうといった風に笑いながら、「ごくつまらないものなのよ。」

「お話がですか？　それとも幽霊が？」

「両方とも。」

そして以下がミス・ル・ペティットの物語であった。――

それはね、あたしがコーンワルの南海岸のトレシラックに住んでた時にあったことなのよ。トレシラックというのはお家の名前でね、谷あいのいちばん高いところに——海の音はきこえるけど海は見えないところに、ポツンと一軒立ってる家だったの。谷あいから広い浜べへ降りられるんだけど、道がつづら折りに曲がりくねってるもんだから、家からの眺めはさえぎられていたけど、広告には「浮世離れた閑居」と出ていたくらい。そのじぶん、とてもあたし貧乏だったのよ。あなたがたのお父さんも、あたしたちも——こんなこと言っても、あなたがたは信じまいけど、みんなその頃は貧乏だったのよ。でも、あたしはまだ若かったから、大いにロマンティックに賢こぶってね、自由独立は好むところという意気で、その「浮世離れた閑居」って言葉がばかに気に入っちゃったわけよ。

ところが困ったことは、あたしがはいる前にそこにはいってた何代かの先住者が、その家に惚れこんだというか、条件がぴったりしてたことだったのよ。いいこと？ 大体田舎のそういう人里離れた家を借りる人には、種類があるでしょう。そうなの、いくつか種類があるけど、大体世間から厭がられる人たちだというのが一致した考えらしいわね。そこからまた「いないいない」する、その行先についての疑念はじきに消えてしまうにしてもよ、どこから来た人たちなのか、誰も知ってる者はないんだものね。まあ、「いかがわしい」という言葉が当たっているんじゃないのかな。それがね、トレシラックの前住者は最初から最後まで、代々、極端にいかがわしい連中の連続だったのね。

家主さんにお初に申し込みをしたときには、こっちはまるっきりそんなことは知らなかったわけよ。家主さんというのは、谷間のふもとの海を見晴らす崖の上でお百姓をして暮らしている、実直な郷士さんでね。その郷士さんに、あたしは恐れげもなく、自分は中流の家庭に生まれた未婚の女で、わずかだけど保証された定収があり、体裁と経済をかねた田園生活を志しているものだと、ありのままを披瀝したわけよ。家主さんはあたしの申出を慇懃丁重に受けてくれたんだけど、なんとなく胡乱《うろん》くさいような様子なので、それがあたしカチンと来ちゃってね。それがために、あたしは家主さんのことをあとあとまで毛嫌いしちゃって、ああいうとこが田舎者の性分のいやな一面なんだなあと、ひとりで決めこんじゃったわけ。あたしは二重にまちがっていたのよね。お百姓のホスキングさんは、そりゃカーといえばツーっていうようなところはなかったけど、苦しい時はいつだって敢然と立ち上がったほどの一本気な、まじめ一方の人なんだもの、顔も見たくない海岸へくる連中なんかより、よっぽどざっくばらんな、根は親切な人だったのよ。あれはちょうど指を火傷《やけど》した、それも一度ならず、何べんも痛い目にあった子供とおんなじ警戒心だったのね。あたしだって、はじめからホスキングさんのいろんな苦労ばなしを知ってれば、多少とも長年辛い経験をしたわりには稜《かど》のとれた、明朗なとこをここぞとばかりに見せてさ、お縋り申して頼み入るからには、それ相応のはにかみと控え目な態度で近づいていたろうにと思ってね。何でも二十年まえとかに、ホスキングさんはトレシラックのその地所を買ったんだって。——どうせ抵当物件だったらしいのよ。自分の地所と地つづきだったから、農地の値段で買ったらしいわ。ところが、買ってみたら、家屋はよけいもんで、荷厄介だったわけよ。そもそものはじめから、そういうことだったのね。

「まあ、家を見てください。家の中も外も、きれいになってますから。鍵は面倒なことありません。家政婦に預けてあるから。亭主をなくした女で、それが案内します。帰りはわたしが谷の上までお伴をして、道までお送りしますよ。」

いろいろすみませんとあたしがお礼を言うと、家主さんは黙って顎をなでていなすったけど、「一つだけ申し上げておくことがあるんだが、あの家を借りなさる方には、どなたにも、ミセス・カーキークって、その家政婦さんのことですか？」

「ミセス・カーキークを雇ってもらうことになってるんだけどね。」

「そう。うちにいた作男の女房なんでね。たいへん勝手なようだけど……」家主はわたしの顔に、その家政婦の人となりは一体どういうのかという懸念の色を見てとったと見えて、「いや、じつはあることがあってから、そういうきまりにしたんですがね、御覧になればわかるが、けっして悪い人間じゃありませんよ。物のわかった気さくな女で、上の家のことは何でもこころえています。大地主のケンドルがあの家を手離すまで、ずっとあすこに奉公してたんで、あの家が初《はつ》の奉公先というわけなんでね。」

「とにかく、いちおうお家を拝見させていただきますわ」と、あたしは少しがっかりして言ったわけよ。それからホスキングさんと谷を登って行ったの。小さな谷川ぞいの道は細っこい道で、ホスキングさんは言訳をしいしいバラの枝をはらいながら、先に立って大股で登っていく。道はばが二人並んで歩ける少し広いところへ出るたびに、ときどきあたし、ホスキングさんのもじゃもじゃ眉毛の下の胡乱《うろん》くさい目つきを窺って見たけど、どうも彼、うわべは親切らしい風をよそおいながら、なにかあたしに対して不満のすじがあって、あたしを閑静な屋敷の住みてにするという考えに踏みきれないでいる様子が、はっきりと見えるのよ。

先方がどんなつまらない想像にかられているのか知らないけれど、あたしね、山道を半分ばかり登ったところで小休みをしたときに、訊いてやったの。

「そのお家《うち》、まさか幽霊が出るんじゃないんでしょうね？」

そう口に出して言ってから、われながらハッとして、訊くに事欠いて馬鹿げたことを訊いたもんだと思ったら、相手はそれをほんこにとってね。「とんでもない。幽霊が出るなんて噂は聞いたこともありません」と、幽霊という言葉にいやに力を入れて言うのよ。「奉公人とのいざこざはしょっちゅうだし、女中の口に戸は立てられないが、メアリ・カーキークは一人でずっとあの家に住んどって、住みごこちは申し分なさそうだしね。」

そんな話をしながら登って行くうち、ホスキングはステッキで指さして、「どうです、幽霊なんか出るところには見えないでしょう?」としきりに言ってたわ。たしかにそんなところには見えなかったわ。手入れのしてない果樹畑の上に、イバラの茂った芝生の台地があってね、そこに石を敷きつめたテラスがあって、そのテラスの上に、見たこともないようなしゃれた山荘が建ってるの。間口の長い、低いわらぶき屋根の家でね。ヴェランダが端から端までずっと通っていて、ヴェランダの柱には鉄線花だのツルバラだの忍冬がからんでいるし、大輪のシャガの花が軒端に房《ふさ》になって咲いているその下に、寝室の格子窓があるのよ。ふつうコテージといわれるくらいの小さな構えなんだけど、その風情《ふぜい》と建ってる場所が珍しいから、借りては誰だって心をひかれるわよ。ちょうどその時分、みんなが「風雅な暮らし」といってたものを髣髴とさせるような家なんだもの、あたしもう嬉しくなっちゃってね。手を叩いて喜んだわよ。

あたしの上機嫌は、ミセス・カーキークが玄関の扉をあけてくれたときにさらに盛り上がったの。まえからあたし、ミセス・ガミッジ（訳者注。――ディケンズの「デヴィッド・カッパーフィールド」に出てくる家政婦。）みたいな家政婦をさがしていたのよ。それが見つかったわけ。分別のありそうな、しかも分に安んじている顔をした、丈夫そうな中年女、追従《ついしょう》のかげのない、ニコニコした笑顔。ホスキングさんが言ってた通りの人が出てきたのよ。気持のさっくりした人でね、あたしたちいっしょにお部屋を見て歩いてるうちに（ホスキングさんは外で待ってなすったの）、あたし、その家政婦さんがすっかり気に入ってしまってね。言うことがまわりくどくないし、実際的でね。お部屋や家具など、だいぶ色あせて古びていたけど、でも明るいし、それにすばらしく清潔でね、なんだか家のなかの気分が倖せな感じがして、何となくのんびりした、いたわられてるような、そう、愛されてるような感じの――あら、笑わないでよ、そういう感じの家だったんだから。今でもあたし、そう思ってるんだもの。下らない思いつきとは、あなたがただって思えないことよ。

ベランダへ出たら、ホスキングさんがジャスミンの茂みのなかで使ってた刈込みナイフをポケットにしまってるところでね。

「まあ、あたし今まで自分が夢見ていた何よりもいいお家ですわ。」

「いや、これは。取引の最初からそんなことをおっしゃると、足もとを見られますぞ。」

でもね、ホスキングさんは、あたしがつい口を辷らして言ったことを、とっこに取りはしなかった。あたしたち、谷間を下りて農場へ戻る途々《みちみち》、契約をきめてね、農場へ着いたら、近くの町まであたしを送ってくれる二輪馬車が待ってたわ。わたしは自分の方で契約した女中をつれてくるつもりでいたんだけど、ミセス・カーキークとならうまくやって行けそうな気がして、この方もその翌日だかに話をきめて、その週のうちに、あたしは新しい住まいに移って行ったわけ。

トレシラックでの始めの一ト月の楽しさ、これはもう言葉では言いつくせないわね。というのは、(今でもあたしそう思ってるけど) 楽しかったことを一つ一つ挙げていっても、まだ何か数えきれないものが残ってるんだもの。あの頃はあたしもまだ適度に若かったしね、健康も充分だったし、自分じゃ自由奔放に向こう見ずなことをやれると思ってたんだから。ちょうど季節は夏のまっさかり。お天気は上々だし、庭は六月の花ざかりでね。髪の手入れも満足にできないほどの忙しさでしょ。おかげで三度のお食事はすすむし、夜は土の香りのうっとりとした眠気のうちに、正体もなく床にもぐりこむ。ほとんど一日の大部分の時間は戸外ですごしたわね。涼しい谷間をブラブラ下りて、浜を散歩して帰ってくる。これを日課にして、毎日きちんとやってたの。

　まもなく、家のなかのことはミセス・カーキークに任せておけば安心なことがわかってね。彼女はべちゃくちゃお喋りもしないし、じっさい、口数の少ないことが彼女の只一つの欠点だったわね。（家政婦にしては珍しい人よ。）あたしの方から何か話しかけても、ときにはこっちへ注意を向けさせられないことさえあったくらい。何か忘れたこまごました仕事に気をとられているといった様子で、なおざりにしていた仕事を、何か言って思い出させてくれるのを待ってるとでもいうように、じっと耳をすまして聞き入っているような目つきをしてるのよ。そのくせ、為《し》忘れた仕事なんか何もないんだけどね。そうなのよ、ほんとにあたし、生まれ落ちてからあんなによく面倒みてもらったこと、後にも先にもなかった。

　そうよ、今もあたしはそうよ。つまり、あの時の通りよ。ミセス・カーキークはお部屋の掃除だけじゃなく、三度三度のお食事も、きちんとその時刻にしてくれたし、どんな些細なつまらないことでも、その手順というか、その規則正しさは、まるであたしの願望をちゃんと読んでいるみたいでね。食卓の花を切りたてのバラに活《い》けかえたいなと思うと、次のお食事にはちゃんと新しいのが活けてあるの。この人は、きっとあたしの目の色をサッと捉えて、たちどころにその意味がわかるんだなと、あたし、お腹《なか》のなかで言ったくらい。そのくせ、あたし彼女のいる前でお花の鉢に目をやった憶えなんか全然ないのよ。どうやって彼女、あたしが気軽に望んでいるバラの花の形だの色だのを当てられたのかしら? よくって、むろんこれはほんの一例よ。それが毎日なのよ、朝から晩まで、ほかのごく些細なことでも、ひょいひょいそういうことにぶつかるんだけど、それがことごとくみんな、たゆまない、奥床しい、奉仕の知恵の証《あかし》になってることなのよねえ。

あんたがたも知ってのように、あたしは朝はわりあい早起きのほうで、お日さまが出るのといっしょに起きて、そのへんをひとまわり散歩してくるという、厄介な癖があるのよ。ところがね、トレシラックでは、あたしがいくら早起きをしても、ミセス・カーキークがあたしより早くに起きてたらしいのね。そのうちに、ははあ、あの人あたしがまだ床のなかにいると思って、自分は早目に起きて、お掃除をしたり片づけものをするんだなと、あたし思うようになったわけ。というのは、いちどこういうことがあったの。朝の四時ごろにあたしとび起きて、ゆうべ遅くまで起きていた客間へ出てみると、ゆうべお食事のあと、あたしが客間へ持ちこんでそのままにしておいたラズベリのお皿が、影も形もなくなっているから、ひとつ彼女を試験してやりましょうと思ってね、彼女の名前を呼びながら、あたし台所へ出て行ったのよ。台所もきれいに掃除がしてあって、竈の火もちゃんとおこしてあるのに、カーキークの姿がどこにも見えないじゃないの。それからあたし二階へ上がって行って、彼女の部屋をノックしたら、二度目のノックで眠そうな声が中で答えて、やがてナイト・ガウンをひっかけたカーキークが、いかにもばつの悪そうな顔をして、あたしの前に現われたの。「違うの違うの。泥棒じゃないのよ、ごめんなさい。用というのは、あなたが翌朝する仕事を、夜なかのうちにすることがわかったんでね。自分の勝手で夜遅くまであたしが起きてるような時に、あなたまでいっしょに起きて待ってることないのよ。さあ、ベッドに戻って、もう一と眠りして頂戴。あたしは浜までひとっ走りしてくるから。」

カーキークは明けがたの光のなかに、目をシパシパさせながらつっ立って、顔の色がまだまっさおなまま、

「あの、奥さま」と息をはずませながら、「なにかあの、御覧になったのでございましょ？」と言うから、

「ええ、見たわよ」とあたし答えたの。「でも、泥棒でも幽霊でもなかったわ。」

「まあ、よかった！……ありがとうございます、神さま――」

クルリとこちらへ背を向けて、北向きのほの暗い寝部屋へはいって行きながら、彼女がそう言ったのを聞いたけど、あたしはその言葉をただ何とつかず口から出た信心ぶかい言葉だと思って、その時はべつにそれ以上のことは考えもせずに、そのまま階段を駆け下りたわけ。

ところが、二、三日あとになって、だんだんそれが判りかけてきたのね。

ここで、トレシラックの家の間取りを一応説明しておかなければならないけど、間取りは簡単そのもの。はいると、まず玄関ホール、その左手が食堂で、右手が客間、その奥が婦人室《ブドワール》。玄関から正面に階段の上がり口があって、上がり口のわきにあるガラス扉をくぐると、右と左に扉口があって、左をあけると台所、右をあけると狭い入《い》る側《かわ》があって、それは階段の曲がり目の下の納戸《なんど》部屋のわきを通って、食器部屋へ行けるのよ。食器部屋の北窓の下に陶器の洗面場と真鍮の蛇口があってね、引越してきた翌朝、そこの蛇口をひねったら、水が出ないのよね。ミセス・カーキークはここの洗い場で食器を洗うはずだから、きっと給水の故障をこぼしているにちがいないと思ってね。ところがその翌日よ、お庭でバラを籠にいっぱい剪ったから、手近なとこで活けようと思って、食器部屋へ花を持ちこんで、陶器の鉢に活けようと思って、水を入れに蛇口のところへ行ったら、また水が出ないのよ。

それから、カーキークを呼んで、あたし訊いたの。「あの蛇口、どこかぐあいが悪いの？　ほかのところはみんな水が出るのに。」

「さあ、よくわかりませんけど。わたくし、あすこは使ったことがございませんので。」

「だって、理由があるはずでしょ。あなただって、台所でお盆やコップを洗うのは厄介でしょうが。ちょいといっしょに裏へ回って下さらない？　タンクのぐあいを見てみましょうよ。」

「タンクはべつにどこも悪くないようでございますよ。あたくしはべつに厄介とも何とも思っておりませんですから。」

でも、あたしはそのままに打っちゃってはおけなかった。家の裏手は、塀からわずか十フィートぐらいしか離れていないのよ。塀といっても、じつは大工さんが崖を切り崩した石塀なんだけど、崖の上には菜園があって、菜園の細い道から石塀ごしに給水タンクが見えるわけ。タンクは二つあって、大きい方は台所と、台所の上のお風呂場へ給水して、小さい方はむろんそのほかの場所へ給水するもので、配管をたどってみると、明らかに食器部屋へ行っているのよね。そのときもよ、大きい方のタンクはほとんど口きり一杯水がはいっているのに、小さい方は、高さが低いくせに、水がからっぽなのよ。

「これは誰が見たって、一目瞭然だわ。二つのタンクの間のつなぎのパイプが詰まってるのよ。」そう言って、あたしが石塀をよじ登って行くと、カーキークは、「でも、あたくし……食器部屋の蛇口は冷水だけなので、あたくしには用がございませんの。台所のボイラーからは熱湯が出ますから。」

「だけど、あたしはお花を活けるのに、食器部屋の水がいるのよ。」そう言って、そこへあたしはしゃがみこんで、手で探ってみて、「いやだわ、このくらいのことは、あたしだって考えるわよ」と言いながら、太いコルクの栓をねじり抜くと、たちまち水が流れだしたから、どんなもんだと言わんばかりにカーキークの方をふり向くと、どうしたのか彼女、きゅうに顔をまっかにして、あたしの手のなかのコルクの栓にじっと目をすえているのよ。コルクには、固く締まるように、先のところに、誰が巻いたのか捺染キャラコのぼろきれが巻きつけてあってね、色は変色していたけれど、あたしどこかで、そのライラックの小枝模様を見たような気がしてね。やがてカーキークと目が会ったとき、あっ、そうだ、そういえば一昨日《おととい》の朝、これとおんなじ小枝模様のプリント・キャラコのガウンをカーキークが着ていたっけと、ふっと思い出したのよ。

でもその時はあたし、小さなこの発見を内緒にしておくだけの平静さがあったから、なにげない話でうまくその場をそらしておいたの。カーキークもやがてふだんの様子に戻ったけれど、あたしね、白状すると、この人に少々がっかりした気持だったわ。嘘をつくことが何でもないらしく見えたの。ミセス・カーキークはあたしの面前で悠々と嘘をついたのよ。それは何故なのか？　食器部屋の洗い湯よりも台所の洗い場の方がいいから、というだけのことよ。おとなげないわよ。「奉公人なんて、みんなおんなじようなものなんだな。あたしもミセス・カーキークのことは、ありのままに見ていかなければ。なんと言ったって、あの人は得がたい宝物だもの。」あたしは自分にそう言いきかしたの。

それから二日たった夜のこと、十一時と十二時の間だったかしら、ベッドに横になってリットン卿の小説をうつらうつら読んでると、なにか小さな物音が耳うるさく聞こえるのよ。耳をすまして聞くと、はっきりと、水がチョロチョロ流れる音なのね。雨が降ってるんだな、戸樋《とい》から雨水があふれてるんだわ、と思ったんだけど、どうも雨だれの音とはちがうのよ。戸樋は寝室の窓のすぐ外の壁を通ってるんだけどね。で、ベッドから下りて、カーテンをあけて見たのよ。

するると意外なことに、雨なんか一粒も降ってないし、降ってた様子もないのよ。窓枠の石板にさわってみると、露でいくらか濡れてるだけで、大したことはないし。風もないし、雲ひとつない夜で、谷の東側の斜面の上にしずかな月がかかっていて、遠い浪音が聞こえるなかに、バラの香りが匂ってるだけなの。で、ベッドに戻って、もういちど耳をすましてみたの。そうなの、チョロチョロいう水の音は依然としてつづいていて、家のなかのしーんとした静けさのなかに、浜の潮騒《しおざい》の音にもまぎれずに、チョロチョロ、チョロチョロ、はっきりと聞こえるのよ。それからあたし、部屋着をひっかけて、蠟燭を持って、そーっと足音を忍ばせながら、階下へ降りていったの。あとはもう簡単よ。音をたどって、食器部屋へあたしはいって行ったの。「カーキークが蛇口を出しっぱなしにしておいたんだな」とひとりごとを言いながら行ってみると、案のじょう、洗面所の陶器の水盤のなかに、むだ水がチョロチョロ音を立てて流れていたわよ。蛇口を締めて、あたしは満足してベッドに戻って、そして眠りについたわけ。

——さあ、どのくらい寝たかしらね、闇のなかでふっとあたし目がさめて、さめたと同時に、目をさまさせたものの正体がわかったの。蛇口がまた流れているのよ。さっき自分の手でわけなく締めたんだけど。ひとりでにそれがまた開《あ》いたと思うほど、緩い栓じゃなかったのよね。「カーキークの仕業《しわざ》だな。」あたしはそうひとりごとを言って、そのあとへ「困った人だよ」とつけ加えたような気がする。

よし、こうなればしかたがない。あかりをつけて、時計を見ると、ちょうど三時。それからまた階下へおりて行ったわよ。食器部屋へはいる前に、入口の前でちょっと足をとめたけど、怖わいなんて気はさらさらなかった。なにが不吉なことでも……なんて考えは、鵜の毛ほども浮かばなかったわね。ただ、扉へ手をかけた時、もし中にカーキークがいたら、びっくりさせやしないかなと思ったことは憶えているわ。

あたしね、わざと勢いよく扉をあけてやったの。カーキークはいなかったわ。カーキークはいなかったけど、何かがいたの、洗い場のそばに。その何かは、あたしに階段を二段ずつ駆け上がらせるほどのものだったけれど、じっさいには、あたしをそこに釘づけにしてしまったの。心臓が止まっちゃったみたいに——しずかあになっちゃってね、そのしずかあになっちゃったなかで、真鍮の蠟燭立てを、そばにあった高い抽斗だんすの上に置いたことを、あたし今でも憶えてる。

洗い台のなかの、蛇口からチョロチョロ出てる水のなかに、手が二本見えたのよ。手だけなのよ。——小さな手が二つ。——子供の手よ。手だけで、手から上はどうなってたか言えないな。

うぅん、切りとった手じゃないのよ。はっきりとあたし見たんだもの。二本の手のひらと手首と――それから先は、なんにもないのよ。その二本の手が元気よく動いて、せっせと手を洗ってるのよ。水のジャブジャブはねるのが、はっきり見えるんだもの。手は透きとおっていないのよ、ちゃんと本当の手が手を洗ってるのとおんなじなんだから。小さな女の子の手だったわね。ええそう、それは見てすぐにそう思ったわ。男の子と女の子の手の洗いかたは違うもの。どこがどう違うかは一と口には言えないけど、まちがいなく違うわよ。

それを見てるうちに、どうした拍子か蠟燭立てがすべって、ガチャンと落っこちてね。さっき洗い台の方に目をとられて、よく見ずにのっけたもんだから。ガチャンと落っこちたあと、まっ暗闇のなかで水がチョロチョロ流れてるのは、なんとも気味わるかったわ。だけど、おかしいのよね、そんななかでよ、頭のなかにあった考えは、そこから逃げ出すまえに、どうあっても蛇口を締めなければということだったわ。どうしてもそれはしなければならなかった。あたしもう、あるったけの勇気をふりしぼって、歯をくいしばって、べソをかきかき手を伸ばして、やっとこさで栓を締めて、それから夢中で逃げたわよ。

朝がそろそろ白《しら》みかけててね、あたし、空が茜《あかね》色になるやいなや、お風呂をひと浴びしてから、着がえをして階下へおりて行くとね、食器部屋の前に、ミセス・カーキークがやっぱり着がえをした服装《なり》で、あたしの蠟燭立てを手に持って立ってるのよ。

「あら、それ拾ってくれたの。」

二人の眼があうと、彼女、なにかあたしに言うことありげな様子なので、あたしもさっそく話の片《かた》をつける肚になったの。

「カーキーク、あんた何もかも承知だったのね。それでタンクに栓をかうことを考えたわけなのね。」

「おくさま、では御覧に……？」

「ええ、見ましたよ。だから、全部話してもらいたいの。——どんないやなことでも、かまわないことよ。話して頂戴。——あれは……あれは——殺人なの？」

「まあ、おくさま！　何というまた恐ろしいことをお考えに……」

「あの子、手を洗ってたわよ。」

「はい、いつもああやって……お可哀そうに！　でも、殺人だなんて！　マーガレットお嬢ちゃまは、蠅一ぴき殺さない、それはもうおやさしい……」

「マーガレットお嬢ちゃま？」

「はい、七つのお年にお亡くなりになりました。ケンドル地主さまのおひとり娘で——もう二十年以上も前のことでございます。わたくしはお嬢ちゃまの乳母でございました。はい、ご病気はジフテリアで、村でお感染《うつり》になりましてね。」

「だけど、あんた、どうやってあれがマーガレットだとわかるの？」

「あのお手々《てて》――乳母でおりましたわたくしが、どうして間違えますものか……」

「だけど、なぜ手を洗っているの？」

「はい、それはつね日ごろから、おきれい好きなお子でしたし、お家のなかのお仕事をよくなさっておいででしたしなあ。」

あたしは深い息を一つついて、「あなたね、ここの家の片づけごとや掃除のことを、何もかもあたしに話してくれる？」と言ったあと、しばらく言葉をおいてから、「いえね、今まであたしの世話を見てくれていたのは、そのお嬢ちゃんなの？」

「ほかに誰がおりましょう、おくさま？」

「まあ、いじらしいお嬢ちゃんねえ！」

「おくさま、そんなふうに思って頂けると、わたくしもほんとに嬉しうございます」と、カーキークは前掛のはしで蠟燭立てを拭きながら言うのよ。「怖わいことなど、何もございませんでしょ？」そう言って、なんだか羨ましそうにあたしの顔をしげしげと見て、「きっとお嬢ちゃまは奥さまのことがお好きなんでございますよ。ほかの衆にはどんなひどい目に遭わされたことか、考えただけでも……」

「ほかの衆って？」

「ほかの借家人どもです。おくさまの前にはいった……」

「いけない人たちだったの？」

「そりゃもう、大へんな人達でしてね。ホスキングさんからお話がございませんでしたか？　まあね、乱痴気騒ぎをしましてねえ——次から次と、だんだん質《たち》が悪くなって……」

「どんなことをするの？　お酒をのむの？」

「お酒ものみましたし、陸軍の少佐とか申す人なんか、酒乱と申すんでしょうかしら。夜なかにあなた、寝間着のシャツ一枚で谷じゅう駆けずりまわりますんですよ。言語道断でございますよ。その方の奥さんというのがやはりお酒飲みで——あれで奥さんが勤まるんでしたらねえ。さんざん飲み食いして汚したあとを、あのおやさしいお嬢ちゃまが洗いものや後片づけをなさることを、考えてもご覧なさいましな！」

聞いていて、あたし身震いが出たわ。

「いいえ、まだまだその上がございましたの。——長い間じゃございませんでしたが、植民地から帰ってきたとか逃げてきたとかいう、夫婦者がはいりましてね。——子供が二人あって、男の子に女の子、上の子が六つになるかならずで、これが可哀そうなんですの。」

「へえ、何があったの？」

「夫婦して、その子供たちを折檻しますんですよ、あなた。そりゃもう、奥さまなんかでしたら、お腹立ちもいいとこでございますわ。そのうえ、どうでございましょう、食べる物もやらないで、打ち打擲《ちょうちゃく》しますんですの。いいえ、そうに違いございませんとも。国道のずっと先の方まで、なから半マイルはありましょうかしら、そこまであなた、ヒーヒー泣く声が聞こえるんでございますからね。ときには食べ物もあたえずに、幾日も鍵をかけて押しこめておくし。ところがマーガレット嬢ちゃまは、その子供たちにちゃんと食べ物を運んで、――これはわたくしの考えですけど――とにかく養ってやっておいでだったんですの。扉口のところまでそっと這って行って、慰めておいでになる嬢ちゃまのご様子が、あたくし、目に見えますですわ。」

「でも、そんな恐ろしい連中がいたときには、マーガレットちゃんも姿を現わさなかったんだろうけど、その連中がいなくなるまで、どこかへ逃げていたの？」

「いいえ。奥さまは嬢ちゃまのことを御存じないからですけど、とても気丈でいらしたんですのよ。ライオンどもに立ち向かってきたんですもの。嬢ちゃまはずーっとここにおいででした。あのあどけないお目々《めめ》とお耳が、何を見、何をお聞きにならなければならなかったか！　いいえね、まだほかに別の夫婦者がおりましてね――」と声を曇らして言う。

「もうよしてよ！　あたしこの家に、おちおちいられなくなってくるわよ！」

「奥さまはここをお出になりはしないでしょうね？　嬢ちゃまは奥さまのことがお好きなんですから、何もなさりゃしませんですよ。奥さまがお見捨てになったら、嬢ちゃまはどういうことになりましょう？　奥さまのあとへどんな借りてが来るか、考えて下さいましな。嬢ちゃまはここの家から離れることはできないのですから。お父さまがこのお屋敷をお手離しになって以来、ずっとここにおいでなんです。その後まもなく、お父さまは亡くなられました。奥さまはここをお移りになってはいけませんぜ！」

　あたしね、ほんと言うと、ここの家を出る覚悟をきめていたのよ。でも、その覚悟がどういう意味のものだったか、ふっと考えたの。

「そうすると、結局、怖わがることは何もないわけね。」

「そうでございますとも。何もございませんとも。あたくしね奥さま、こういうことは何も珍しいことだとは思っておりませんの。いいえね、わたくし亡くなった母から、百姓家というものは、どこでも毎晩時計のように規則正しく、女中を寝かしたあとで、掃き掃除をして、床《ゆか》に砂を撒き、鍋や薬罐をきれいに磨くものだという話を、よう聞かされました。そんなのは監督教会派の連中だと世間では片づけておりますが、でもわたくしたちはもっとよいことを知っておりますよね、奥さま。こうやって奥さまとわたくしとの間で秘密をお話しあったからには、もう安心して夜もらくらく寝《やす》むことができますですわ。もし何か聞こえましたら、『神よ、お嬢ちゃまにお恵みあらんことを！』と言って、眠ることにいたしましょう。」

「ミセス・カーキーク、あたし、あなたにお願いが一つあるんだけどな。」

「何でございましょうか？」

「ううん、あんたにキスをさせてもらいたいの。」

「まあ、奥さま！」

あたしたち、固く抱き合ったの。これでミセス・カーキークとは、あたしが彼女と知り合って以来、彼女の方ではそうしていたように、いっそう親密になったというわけ。

三年間トレシラックで過ごしたんだけど、その間ミセス・カーキークは、あたしずっといっしょに暮らして、おたがいに秘密をわかち合ったわ。おそらくその三年間のあたしたちみたいに、愛情にすっぽりと包まれていた女同士は、まずなかったでしょうね。昼は楽しい歌のように過ぎ、夜は枕を柔かにし、三度三度の食卓を楽しくし、夏は庭を通ると花が頭をもたげ、冬は暖炉の火が二人の生活を明るくしてくれたものよ。

なぜトレシラックを去ったのかと言うの？　それはね、三年目の終りのある日、家主のホスキングさんが、屋敷を売ったとか売ることにしたとか、どっちだったか忘れたけど、そういう知らせを持ってきたのよ。——この話はどうしても断わるわけにはいかない、買い手が旧《もと》の地主の弟さんのケンドール大佐だから、とこう言うのよ。

「奥さんのあるお方ですの？」と訊いてみると、

「そうです。八人家族でね、玉のようなお子たちに、お母さんというのがりっぱな方でしてね。大佐にとっては、ここが昔の家なのでね。」

「わかりました。それがここをお売りになる理由なんですのね。」

「それに、先方の申し出ているのが上値《じようね》なんでね。あなたには重々お気の毒だと思ってるんだが……」

「あたしがここを出ることですの？　そのお心持はありがたいと思いますけど、でもあなたのなさることは正しいことですわ。」

あたしの部屋がなくなることは別として、ミセス・カーキークがこの家にとどまるからには、引越の支度は万々遺漏ないにきまってるもの。

「でも、よかったわ。——マーガレットちゃんも、これで倖せになれるわよ。いとこさんたちといっしょになれるんだもの。」

「そうでございますとも。嬢ちゃまもきっとお倖せになりますとも」とカーキークもむろん同じ意見だったわ。

いよいよ立退《の》く時がきたとき、荷物を箱に詰めながら、あたし、せいぜい自分で気を引き立たせようとしたわね。いよいよ最後の朝、ホールで荷物に縄がかけられたとき、あたし、用事にかこつけてカーキークを二階へやっておいて、ひとりでそっと食器部屋へ足を入れて、

「マーガレットちゃん！」

と小さな声で呼んでみたの。でも答はなかったわ。べつに答を望んでやしなかったけど、でももう一度、こんどは目をつぶって、両手をさし出して、小声で呼んでみたの。

「マーガレットちゃん！」

あたしね、このことは自分が死ぬ日まで誓うけど、その時ほんのいっとき、あの小さな二本の手があたしの手のなかに忍び入って、そっとそこに休んだのよ。

FINE CUTE

鳥

安房直子

ある町に、耳のお医者さんがいました。

小さな診療所《しんりょうじょ》で、くる日も、くる日も、人の耳の中をのぞいていました。

とても、うでのよいお医者さんでしたから、待合室は、いつも満員でした。遠い村から、何時間も列車にゆられてかよう人もありました。このお医者さんのおかげで、耳の病気がすっかりなおったという話は、かぞえきれません。

そんなふうで、毎日が、あんまりいそがしかったものですから、お医者さんは、このところ、すこし、つかれていました。

「私も、たまに、健康診断しなくちゃいけないな」

夕方の診療室で、カルテの整理をしながら、お医者さんは、つぶやきました。いつも、看護婦役《かんごふやく》をしてくれるおくさんは、ついさっきでかけてしまい、いま、お医者さんは、たったひとりでした。夏の夕日が、その小さい白いへやを、あかあかとてらしていました。

と、ふいに、うしろのカーテンが、しゃらんとゆれて、かん高い声がひびきました。

「せんせ、大いそぎでおねがいします！」

耳のお医者さんは、くるりと、回転いすをまわしました。

カーテンのところに、少女がひとり立っていました。片方の耳をおさえて、髪《かみ》をふりみだし、まるで、地のはてからでも走ってきたように、あらい息をしていました。

「どうしたの。いったい、どこからきたんだね」

お医者さんは、あっけにとられてたずねました。

「海から」

と、少女はこたえました。

「海から。ほう、バスにのって？」

「ううん、走って。走ってきたの」

「ほう」

お医者さんは、ずりおちためがねをあげました。それから、

「まあ、かけなさい」

と、目のまえのいすをしめしました。

少女は、まっさおな顔をしていました。その目は、大きく見ひらかれ、まるで、毒をのんでしまった子どものようでした。

「それで？　どうしたの？」

お医者さんは、手をあらいながら、いつもの調子でたずねました。すると、少女は、自分の右の耳をゆびさしてさけびました。

「耳の中に、たいへんなものがはいってしまったんです。はやくとってください」

そこで、お医者さんは、戸だなから、ガーゼや、ピンセットをとりだしました。そうしているあいだにも、少女は、かん高い声で、はやくはやくとせきたてます。けれど、お医者さんは、おちついていました。こんなことは、しょっちゅうでしたもの。きのうも、小さな虫が生きたまま耳の中にはいったという人が、とびこんできて、うるさいうるさいと、大さわぎしたのでした。きょうもそれにちがいないと、お医者さんは、思いました。そこで、ゆったりといすにすわり、

「なにがはいったんだね」

と、たずねました。すると、少女は、とてもかなしい顔をして、

「あのね、ひみつなんです」

と、いいました。

「ひみつ」

お医者さんは、顔をしかめました。

「ひみつってことはないだろ。それじゃ、なおせないじゃないか」

すると、少女は、しょんぼりうつむいて、

「だから、ひみつなんです。ひみつが、あたしの耳の中にはいってしまったんです」

「…………」

「あたしはね、けっしてきいてはいけないひみつを、たったいまきいてしまったんです。だからそれを、大いそぎでとりだしてほしいんです」

「…………」

「いますぐとりだせば、だいじょうぶなんです。ちょっとまえに、コトンと、耳の中におちたんだから。でもね、はやくしないと、手おくれになります。日がしずんでしまったら、もう、おしまいです」

お医者さんは、目をしばしばさせました。こんな患者《かんじゃ》は、はじめてでした。そこで、これはまず、ゆっくり話しあうことだと思って、

「で、いったい、どんなひみつをきいたの」

と、やさしくたずねました。すると、少女は、ぼそぼそとこういいました。

「あたしの大すきな人が、じつは、鳥なんだっていう話。まほうにかけられたカモメなんだっていう話」

「ふうん」

とても妙な顔つきで、お医者さんはうなずきました。それから、いすをひきよせて、少女の顔をのぞきこみました。

「もっと、くわしくききたいな、きみの話。それから、耳を見てあげることにしても、ちっともおそくないと思うよ。日がすっかりしずむまでには、そう、あと三十分はあるからね。なあに、そんなひみつのひとかけらぐらい、すぐとりだせるよ。ぼくは、名医なんだから」

少女は、すなおにうなずくと、こんな話をはじめました。

＊

あたしが、はじめて、あの人にあったのは、夕ぐれの海の、ボートの上でした。

あたしは、ひとりぼっちの女の子で、貸ボートの小屋ではたらいていました。小屋のまえに、一列につながれた、十九そうのボートのいちばんまえに、そのとき、あたしは、すわっていました。

日がしずんでも、もどってこない、たった一そうのボートを、あたしは、まってい
ました。夕方、ボートの数をかぞえて、くいにつなぐのが、あたしのだいじな仕事で
したから。けれどこのとき、あたしは、すっかりまちくたびれて、うとうとねむりか
けていました。

と、そんなあたしの耳もとで、ぴしゃっと水のはねる音がしました。

「すみません」

その声で、あたしは、はっと目をあけました。

目のまえに、ボートにのった、少年がいました。青いペンキぬりのボート、それは、
たしかに、うちの店のものでした。たちまち、あたしは、ふきげんになりました。

「どうしたの？　もう、とっくに、時間、きれてるんですよ」

すると、少年は、はずかしそうにわらって、こういいました。

「ずっと沖《おき》のほうまでいってたものだから」

少年の目は、ふしぎな灰色でした。

「いったい、どこまでいってたの」

あたしは、なかばあきれた顔つきでたずねました。すると少年は、すましていいま

した。

「水平線のずっとむこう。ふたご岩のまだむこう。かみなり島のもっとむこう」

「うそばっかり」

「うそなもんかい。くじらが、しおをふいてたよ。大きな客船がいたよ」

「ふざけないで、はやくボートかえしてちょうだい」

するとと少年は、立ちあがって、ひょいと、あたしのボートにとびうつり、それから、まるで石けりでもするように、ぴょんぴょんと、十九そうのボートをつたわって岸へいってしまいました。さいごに、

「さよなら！」

といいました。

少年ののりすてたボートには、白い花びらがちっていました。あたしは、思わず、それを手にとりました。すると、花びらは、はねにかわっていました。

鳥のはねでした。

あたしは、ふしぎな、夏の夢《ゆめ》をみたような気がしました。

その少年が、浜《はま》のまずしい小屋に住む海女《あま》のむすこだと知ったときの、あたしのお

どろきは、たとえようもありませんでした。

その海女は、すっかり年をとっていましたから、海にもぐるのはやめて、貝や魚を売り歩いていました。茶色いはだは、くしゃくしゃで、おちくぼんだ目は、とろんとくもっていました。

そんなみにくい年よりの海女が、あの少年の母親だということが、あたしには、とうてい信じられないほどふしぎでした。けれど、海女は、ある日、ボート小屋へきて、たしかにこういったのです。

「こないだは、むすこが、めいわくかけて、すまなかったね」

海女は、わらいました。ぞくっとするような笑顔でした。

「だけど、もう、ボートあそびは、させないでおくれ。あれは、私だけの、だいじなむすこなんだから」

けれど、少年は、それから毎日ボートにのりにきました。あたしの耳もとで、

「ほんのちょっとだけさ。かあさんには、ないしょだよ」

と、ささやいて。

やがてあたしは、少年と、友だちになりました。はじめは、おずおずと、それから、だんだんしたしく。

夕方になると、少年は、あたしが、ボートをくいにつなぐのを手つだってくれました。あたしよりずっとはやく、まるで、水の上にちらばった木の葉をまとめるように。

「これ全部、ぼくのボートだったら、すてきだろうな」

と、少年はいいました。

「そうしたら、一列につないで、先頭のボートをこいで、沖へいくんだ」

「あら、そんなこと、できるかしら」

「うん。ぼくにはできるだろうな。ぼくのうでは、強いもの。ずっとまえには、もっといろんなぼうけんをしたもの」

「ぼうけん？　どんな？」

あたしは、からだを、のりだしてたずねました。すると、少年は、きゅうに、気のぬけたような声で、

「もう、わすれたな」

と、いいました。それから、うつろな目で、遠くを見つめました。この人は、いつも、そうなのでした。むかしのことは、みんなわすれているのでした。まるで、わすれ薬をのまされた王子のように。もっとも、あたしも、そうでしたけれど。心にのこっている、むかしの思い出なんて、ひとつもないのでしたけれど。

ボートをしまってから、日がくれるまでのひとときを、ふたりは、たのしくすごしました。貝をならべたり、ほおずきをわけあったり、花火をしたり。ほのぐらいボート小屋のかげで、せんこう花火は、小さく、ちりちりと燃えました。けれど、あたしたちは、もっとひろいところで、いっしょにあそびたかったのです。昼の日ざかりに、砂浜《すなはま》や海で、思いきり、走ったりおよいだりしたかったのです。が、あたしたちはいつも、海女の目を、おそれていました。小屋のうしろで、ふたりのようすをうかがっているかもしれない海女の影《かげ》に、いつも、おびえていました。あるとき、少年はいいました。

「ねえ、ふたりで、遠くへいかないか」

「遠くってどこへ？」

「水平線のずっとむこう、ふたご岩のまだむこう、かみなり島のまだむこうさ」

「だって、かあさんは？」

あたしは、声をひそめてききました。

「あなたのかあさんは、いけないっていうでしょ」

少年は、うなずきました。

「うん。かあさんは、ぼくたちのこと、おこってるんだ。おまえは、あのむすめといっしょに、どこかににげていく気だろうって。だけど、けっして、そうはさせないよって。かあさんは、こわい人なんだよ。まほうを使うんだから」

あたしは、息をのみました。

そういえば、あの顔は、まほうつかいの顔でした。とくに、あの目は——海の底に、百年も二百年も住んでいる魚の目の、ふしぎなよどみに、にていました。

「ね、だから、ぼくたち、こっそりにげなけりゃいけない」

少年は、とても、しんけんな顔をしました。あたしは、胸を、ドキドキさせながら、うなずきました。

それから、いく日もたたないうちに、少年は、とつぜんいったのです。

「ねえ、あした、にげよう」

「あした！　どうしてきゅうに」

「かあさんが、海にもぐれっていうんだもの。海の底から、貝をたくさんとっておいでっていうんだもの。ぼくは、いやなんだ。あれは、とってもくるしいから」

「…………」

「ぼくは、思いきりひろい所へいきたいんだ。ね、だから、あしたにげよう。ボートを一そう、あの岩のかげにかくしておいてほしいな」

少年は、ずっとむこうの岩をゆびさしました。

海につきでた、大きな岩のかげに、ボートが一そう、すっぽりかくせるくらいのくぼみのあることを、あたしも知っていました。

「あしたの夕方、ボートの上で、まってるよ」

少年は、灰色の目でわらいました。

このとき、うしろで、カサリと、音がしました。黒い影が水の上に、ゆらっと動いたような気がしました。あたしは、ぎょっとしてふりむきました。が、だれもいませんでした。

ああ、それが、ついきのうのできごとなのです。なんだかずっとむかしみたいな気がするけれど、ほんのきのうのことなのです。


そうして、きょうの夕方——ついさっきになります——、約束どおり、あたしは、あの岩かげにいそぎました。朝のうちに、こっそりかくしておいたボートの上で、あの人が、まっているはずなのです。

あの人は、青い海水パンツをはいているでしょうか。大きな麦わらぼうしをかぶっているでしょうか。そして、灰色の目で、じっと、あたしをまっているでしょうか……。

あたしの胸は、コトコトとおどりました。これから、すばらしいぼうけんがはじまるのだと思いました。

浜の西陽《にしび》は、大きな黄金の車でした。ぎんぎん音たててまわる、まぶしい光の輪でした。いそげ、いそげ。あたしは、いちもくさんに走りました。あたしまぶしい砂浜から、岩のかげにまわると、きゅうに、うす暗くなりました。あたしのゴムぞうりが、ぴたぴたと、水をはねました。と、

「ごくろうさん」

とつぜん、しわがれ声がしたのです。あたしは、ドキリと顔をあげました。青いボートの上には、少年のかわりに、海女がひとり、ひざをかかえてすわっていました。あのぞくっとするような笑顔をうかべて。

にわかに、あたしは、わなわなとふるえました。うわずった声で、あの人はどこにいるのかとたずねました。

「うちにいるよ」

つっけんどんに、海女は、こたえました。

「カギをかけた小屋に、とじこめてあるよ。だけど、屋根に小さいあながあるから、

あそこから、にげてしまうだろうな。もうにがしてやっても、いいと思ってるんだがね」

「屋根のあなですって？　そんなところからでたら、あぶないわ」

「あぶないもんかい。あいつには、つばさがあるんだから」

あたしは、きょとんと海女を見つめました。すると、海女は、そっくりかえってわらいました。それから、ふいに手まねきをして、

「こっちへおいで。とっておきのひみつを話してあげるから」

と、いったのです。あたしは、どぎまぎしながら、ボートのへりにこしかけました。すると、海女は、こちらへ、にじりよってきて、あたしの耳に、ぴったり口をつけました。そして、たったひとこと、こういいました。

「あいつは、鳥なんだよ」

このひとことは、するどいナイフのようになって、あたしの耳の中でおどりました。あたしは、思わず、片手で耳をふさぎました。すると海女は、ひどくいじわるな目をして、なおもこんな話をしました。

「じつは、まほうをかけられたカモメなのさ。もう、だいぶまえになるけどね、私の小屋に、けがをしたカモメがまよいこんできた。かわいそうだから、薬をつけて、ほ

うたいをまいて、毎日たべものをやっているうちに、私しゃ、このカモメが、すっかり気にいってしまった。なんだか、むすこみたいにかわいくなった。けががなおっても、ずっと、てもとにおきたくなった。

ところが、ある日、海から、めすのカモメが一羽やってきて、毎朝、窓のところで鳴くんだ。

そのとき、私は、鳥のことばがわかったんだよ。めすのカモメが、『海へいこう、海へいこう』って、よびかけているのがほんとに、ちゃーんときこえたのさ。すると、うちのむすこは、なおりかけたつばさを、パタパタさせて、とび立とうとする。めすのカモメの歌声は、日に日に高くなった。いくら追っぱらっても、またやってくる。めす私は、めすのカモメが、ただもうにくらしくてたまらなかった。いまのあんたほどにね」

ここで、海女は、あらい息をして、あたしをにらみました。それから、ひくい声で、またつづけました。

「そのうち、私は、いいことを思いついた。まほうをつかってうちのカモメを、人間にかえてしまうことさ。ほんものの、私のむすこにしてしまうことさ。

私は、タンスの中に、赤い海藻《かいそう》の実を、二つぶしまっておいた。むかし、海の底でみつけた、とてもめずらしいものさ。私は、これに、はっはっと息をかけて、カモメにたべさせた。

すると、そのききめのよさといったら！

一つぶたべただけで、カモメは、人間の男の子のすがたになった。私は、うれしくてうれしくて、のこりの一つぶを、どこかにおとしてしまったのも、気がつかないほどだった。りっぱなむすこができて、なによりだと思った。これから、海にもぐることも、魚を売ることも教えようと思った。

ところが、どうだろう。ほんのひと月もたたないうちに、こんどは、おまえさんがあらわれて、また、あいつといっしょに遠くへいこうとする……。だから、私は、もう、あきらめたよ。もう、あいつは、海へ追っぱらってやることにきめたよ。だけどね」

きゅうに、海女は、声を大きくし、はきすてるようにいいました。

「あんたが、いっしょにいくことはできないよ。あいつは、鳥なんだから」

けれど、あたしは、ひるみませんでした。

「それでもいいのよ！　あの人、いまは、ちゃんと人間のすがたしてるんだから。あたしは、それでいいのよ」

すると、海女は、にんまりわらいました。

「ところが、もうすぐまほうがとけるんだ。このひみつを、だれかひとりでも知ったら、その日のうちに、まほうはとけてしまうんだ。だから、きょう、海に日がおちるまでに、あいつは、鳥にもどってしまうよ。

もっとも、あんたが、いまの話を、ケロリとわすれることができるなら別だけどね。うでのいい、耳のお医者にでもかけこんで、大いそぎで、ひみつをとりだしてもらえるなら、べつだけどね」

(耳のお医者……)

このとき、あたしの頭に、先生のことがうかんだのです。浜の人が、とてもりっぱなお医者さまだっていってました。それであたし、走ってきたんです。ね、あなたなら、かんたんでしょ。長いピンセットつかえば、すぐできるでしょ。日がしずんでしまったら、もうおしまいなんです。はやくしてください。

＊

「なるほど」

耳のお医者さんは、うなずきました。自分をたよってかけこんできた、この少女のねがいを、ぜひきいてあげたいと思いました。

「それじゃ、ちょっと見てあげよう」

お医者さんは、貝がらのような少女の耳の中を、のぞきこみました。それから、

（はーん）

と、うなずきました。たしかに、耳のおくに、なにかが光っているのです。ちょうど、こぶしの花が一輪さいているような感じでした。

（あれだな、あれがひみつなんだな）

と、お医者さんは思いました。けれど、それは、あんまりおくでした。どんなに長いピンセットをつかっても、とどきそうにありません。

「ねえ、はやくして、はやく、はやく」

少女は、せきたてます。その声が、へんに頭にひびいて、お医者さんは、うでがうまく動かなくなりました。薬のびんをとりだしたものの、それが、なんの薬だったか、わからなくなりました。

（きょうは調子がわるいな。つかれているせいだろうか）

お医者さんは、頭をふりました。

と、きゅうに、少女が、大声をあげたのです。

「あっ、鳥だわ。鳥、鳥」

「鳥?」

お医者さんは、思わず窓へ目をうつしました。窓のそとには、ほんのすこしの、ほそ長い夕空が見えるだけでした。

「なにいってるんだ」

するとと少女は、目をつぶって、こういいました。

「あたしの耳の中よ。ほら、海があるわ。砂浜があるわ。砂の上にカモメになったあの人がいるわ。あの鳥を、はやくつかまえなけりゃ」

お医者さんは、かけよって、少女の耳の中を、もう一度のぞきました。そして、

「ほう」

と、大きな声をあげました。

ほんとうなのです。少女の耳の中には、たしかに海があるのでした。まっ青な夏の海と、砂浜とが、ちょうど、小人の国の風景のようにおさまっているのです。そして、その砂浜の上に、さっきの白い花が一輪――いいえ、それは、花ではなくて、鳥なのでしょうか。そう、カモメが一羽、はねを休めているようにも思える小さいものが、ぽつんと見えるのでした。

お医者さんは、きゅうに、頭がくらくらして、目をつぶりました。ほんの、二、三秒。

それから目をあけたとき、お医者さんは、なんと、自分がその海岸に、ぽつんと立っていることに気づきました。

いちめん青い海原《うなばら》。長い長い海岸線。そして、ほんの五メートルほど先に、カモメが一羽、はねを休めていました。

「しめた」

お医者さんは、両手をのばすと、うしろから、ぬき足さし足近よりました。そっと、そっと……。けれど、ほんの二、三歩近づいただけで、鳥は、ぱーっと、つばさをひろげたのです。まるで、つぼみの花がひらくように。そして、ついと、とび立ちました。

「しまった」

お医者さんは、追いかけました。

「おーい、まてー、まてー」

お医者さんは、走りました。ただもう、めちゃくちゃに走りました。

走りながら、お医者さんは、自分がいま、少女の耳の中にいることを、なんとなくわかっていました。わかっていながら、わすれていました。ちょうど人間はみんな、自分が、地球の上にいることを、わかっていながら、わすれているように。

ともかく、あの二秒ほどのあいだに、なにかあったのです。お医者さんのからだが、虫のように小さくなるか、少女の耳が、とほうもなく大きくなるか、それとも、もっと別のなにかがおきたのです。でも、お医者さんは、そんなことをあれこれ考えてはいませんでした。鳥をつかまえることで、頭はいっぱいでした。あれをつかまえてもどらなくては、診療所の名まえにかかわるような気がしました。

けれど、カモメは、ずんずん高くあがっていき、やがてゆらりと海へでました。

「あっ、ああ、ああ」

お医者さんは、砂の上にぺたんとすわって、カモメを見送りました。

と、とつぜん、

「ねえ、はやくして、はやく、はやく」

という声が、まるで、かみなりのようにあたりにひびいたのです。お医者さんは、思わず目をつぶりました。

ほんの、二、三秒。

「どうしてもだめ？」

そんな声がして、お医者さんが、はっと目をあけると、少女が、じっと自分を見つめていました。うすぐらい、診療室でした。

「ひみつ、とれませんか？」

と、少女はたずねました。お医者さんは、すっかりどぎまぎしてうなずくと、

「ええ。いま、のがしてしまいました」

と、小さな声でこたえました。

「きょうは、すこし、つかれているんでね」

すると、少女は立ちあがって、とてもかなしい顔をして、

「じゃあ、もうだめだわ」

と、いいました。

「日がしずんでしまったもの。あの人、鳥になってしまったわ」

お医者さんは、うつむきました。なんだか、とてもすまない思いでいっぱいでした。

少女は、だまって、帰っていきました。診療室のカーテンがしゃらんとゆれました。

耳のお医者さんは、大きなため息をついて、自分のいすにどしんとすわりました。

このときです。お医者さんは、目のまえのいすに――ついいままで少女がすわってい

たそのいすの上に、白いものがちらばっているのを見たのです。

「………」

お医者さんは、それをとりあげて、しげしげとながめました。

はねでした。それも、カモメの。

お医者さんは、おどろいて立ちあがりました。それから、しばらく考えて、

「なるほど」

と、うなずきました。

「教えてやらなきゃいけない!」

そうさけぶと、お医者さんは、そとへとびだしました。ゆうぐれの道を、いちもくさんに走りました。

(あの子は、知らずにいるんだ。自分も、カモメなんだっていうことを。たぶんあのとき、海女がおとした赤い実をたべためすのカモメなんだっていうことを、ちっとも知らずにいるんだ)

耳のお医者さんは走りました。少女の耳の中に、もうひとつの、すてきなひみつをいれてあげるために、一心に、追いかけていきました。

7　かわいげランド

チェロキー

斉藤倫

「おのれ目にモノ見せてくれるわー」
「歯にキヌ着せてくれるわー」
「手に職つけてくれるわー」
って、いたれりつくせりじゃないですか
不景気だなんだっていったってやっぱり豊かな時代なのですね
と捨て犬チェロキーは公園の水飲み場の前にうずくまったままいった
八年前、もう二度と人間のためには振らないと誓った巻き尾は
地図記号のように地面を指したまま見放していた
「誰かコロしてくれませんかねー」
「誰かココロしてくれませんかねー」

「犬は自分で死ねないんですけどねー」

マイ富士

岸本佐知子

小さい小さい富士山が欲しい。大きさはそう、裾野の差し渡し三十センチ、標高二十センチくらいがいい。手に入ったらどこに置こうか。床の間に置くもよし。窓辺に飾るもよし。テレビの上や玄関の靴箱の上のアクセントにするもよし。縁起物として仕事部屋に飾ってもいいかもしれない。いや、でもやっぱり枕元に置いて、飽かず眺め暮らしたい。目覚めたら富士。昼の時報を聞いて富士。お茶を飲みながら富士。食後の一服に富士。風呂上がりに富士。おやすみなさい富士。小さい小さい富士があれば、四季の変化もぐっと身近になる。冬はうっすらと雪化粧。

秋は小さい小さい富士五湖に紅葉が映る。

夏には山頂にめずらしいレンズ雲がかかって。

朝晩はほんのり朱色に染まってきれい。

クリスマスには星や電球で飾りつけ。

お正月には小さい小さい初日の出に向かって手を合わせ、家内安全無病息災。

退屈な時には、虫眼鏡を近づけてあちこち観察してみる。

今はもう使われなくなった測候所が、山頂に疣《いぼ》のようにぽつんと残っている。山肌のあっちこっちで、しきりに岩が崩落している。五合目あたりは観光バスがごちゃごちゃと駐まり、イカ飯を焼く匂いがかすかに漂ってくる。ふもとの樹海を分け入っていく人の姿が見える。

富士があれば、きっと一生退屈しない。だから私は小さい小さい富士がほしい。

名前もつけてやる。男の子だったら富士夫、女の子だったら不二子がいい。

たまには近所の公園を散歩させてやろう。公園デビューの日を思うと、今からすこし緊張する。

上手に育てれば、三年ほどで噴火するようになる。

きちんとしつければ所定の場所以外では噴火しなくなるので安心です。

頻繁に呼びかけてやり、クラシック音楽を聴かせるとなおのこと良いでしょう。ご進物に。インテリアに。ビルの屋上に。各種祈願に。ペットとして。受験生のお夜食がわりに。

用途やお好みに合わせてサイズ・種類も豊富に取りそろえております。

着せ替え富士。花柄、ペーズリー、迷彩柄、水玉、タータンチェックの中からお選びいただけます。ドライクリーニング推奨。

おしゃべり富士。ミルクを飲み、傾けると「ママー」と言います。落石に注意。

メカ富士。直線的なラインのフルメタルボディ。GPS搭載、自動姿勢制御装置内蔵。インテル入ってる。噴火はビーム。生身の富士と闘わせてみるのも一興でしょう。

食用富士。獲れたての新鮮な富士を現地で急速に冷凍、風味を閉じ込めたままクール宅急便にてお届けします。未開封賞味期限百二十日。返品不可。

そろそろ二山めをとお考えのご夫婦には、小さい小さい小さいモンブラン、小さい小さいチョモランマ、小さい小さいマッターホルン等もご用意しております。

どこかで売っていないものか。小さい小さい富士。

FINE CUTE

池田澄子十三句

じゃんけんで負けて蛍に生まれたの
まいまいに生まれずまいまいを愛す
これ以上待つと昼顔になってしまう
生きるの大好き冬のはじめが春に似て
クリスマス熟睡の猫抱いてあげる

セーターにもぐり出られぬかもしれぬ

ピーマン切って中を明るくしてあげた

熱湯がいやがる魔法瓶の口

魚図鑑にデンキウナギがいつも一匹

余震のあとのイケダスミコとゼリーかな

舟虫のあつまりづかれしておる

お祭の赤子まるごと手渡さる

冷えきったコートよ中に弟が

電

雪舟えま

りーころが鳴いているね。

りーころとは、わたしが考えたきりぎりすの別名。

机に頰杖をつき、夕暮れの空を眺めていると、侍女の早手《はやて》が足を絡ませそうにして走ってきた。早手はまっすぐにわたしの部屋へ向かってきて、

「姫さま！　姫さまたいへんでございます」

「声が高いよ、せっかくの虫が鳴きやめてしまう」

「文でございます！」

ぱしっ、と音を立てて、わたしの手に文をよこす。

「早いね、しめきりまえなのに。もう書けた子がいるの」

「ちがいます、併せ草紙のお仲間ではないです、男です」

「男？」

一緒に草紙を作っている、友たちの原稿ではないらしい。

「はい、若い男がこの文を、姫さまのお部屋の前の、ほらそこの」

早手はこの部屋に面した庭の向こうを指し、

「板戸に挟んで去ってゆく、後ろすがたを見ました」

「へええ」

「お手紙ですよ！　姫さまははじめての、殿方からの、はじめてのっ」

「それはわたしがいちばんわかっているよ」

「あの若者、姫さまをいつのまにか見初めていたのですね……」

早手はうっとりと指を組んで、わたしの手の中の文を見つめている。

「面倒くさいことにならなきゃよいが」

「なにを面倒なことがあります、愛されてこその女の幸せではないですか」

「まあお手並み拝見といこうじゃないの」

と、筆を置いてひらいた手紙には、こんな歌が書きつけてあった。

竹取のかがよふ君といふ人の胡坐は月の習ひなりしか
(かぐや姫の再来だという噂に来てみたら、なんと胡坐をかいてるじゃないか。これは月世界の習慣だろうか?　たいしたものだ)

「なんじゃあこりゃあ」

わたしは叫んだ。文を床に投げつけると早手はすばやく拾って読み、ぽかんとした顔で、

「なんでしょう、この歌……」

「あぐらをかいてるところを見たんだろうよ」

「姫さま」

いわんこっちゃない、というように早手は天を仰ぎ、

「だからあんなにあんなに、藤原虹輔さまの娘ともあろう方が――」

わたしは耳をふさぎ、「はいはいはいはいはい」

「昼ひなか戸を開けはなった部屋の中で、あぐらをかいたりごろ寝なさったりというのはお控え下さいと申し上げたのですよ!」

「でもさ、長時間机に向かうときあぐらだといい感じなんだよね。正座だと、この板

に太ももがぶつかっちゃう」

「いつまでもご幼少時のものをお使いだからです。新しい机をおねだりあそばしませ」

「これが気に入ってるんだよ」

「それにしても――はあ」

早手はため息をついて、信じられぬというように男からの文を、黙って読み返した。

「あの若者、姫さまのことをいったいどう思ってるんでしょう」


物語のしめきりは明日に迫っていた。

こんどの草紙は見栄えのいい紙で冊子にまとめて、斎宮さま付き女房をやっている友だちを通じて、高貴な方がたの歌と物語の座にお届けすることになっている。

わたしは、ふしぎな国の見聞録を書いていた。そこでの人びとは、せせらぎを切り取ったようなひんやりとした布で体にぴったりとした美しい衣をこしらえ、その表面には絵巻物を広げてゆくように季節の風景が移ろう。

広びろとして平らかに整えられた、ちりひとつない往来には、日の光や雨の滴をはじくぴかぴかつるりとした丸っこい乗り物がゆきかい、大きな甲虫の腹におさまるように、人びとが乗っている。小窓の中では幼子が、幼子のために特別にあしらえた、小さく柔らかな繭におさまって眠っている。

そんな国に、わたしは夢でよくゆく。

その国のことを書いていると、心がおちつく。


夜も更けて、灯りに油をつぎ足し、最後の章にとりかかろうと机に向き直ると、すみに置いたままの文が目についた。

夢の国の気配が消え、たちまち現実に戻ってしまう。

ひどいよなあ。こんな、人をからかうような歌。それでもはじめて男から贈られた歌。

と、やっぱりいまもあぐらで、袖をめくり上げたむき出しの腕で、机に肘をついているのだった。わたし、腕毛、濃い……なんてぼんやりと思いつつ。

「…………」

冷やかしの文をそのままつまみあげて、びりびりと細長く破く。

破きながら、自分のことを見ていたという男のことを、遠いまぼろしのように感じた。

「まぼろしなんだろう?」

声に出してみる。

明かりが震えて、壁に映るわたしの影がゆらめいた。

翌日までに物語は仕上がらなかった。

*

「雹や、ちょっといいかい」

つぎの夜、勤めから帰った父が部屋に来た。

「はい、父上」

わたしは髪を後ろにまとめていた髪どめをはずし、まくりあげていた袖をおろして、膝を揃えた。

「お帰りなさいませ」

「ああ、うん」

父は少し離れて座り、脇息にもたれて落ちつかなげに咳払いをした。わたしの顔をまじまじと見て、

「なんだか髪が乱れているよ」

「いま、書きものをしてまして、髪が落ちてきてじゃまなので、髪どめでまとめておりました。するとこんなふうに跡がのこってしまうんです」

「髪どめとな」

「はい」

わたしはふところから、金《かね》を曲げて作った髪どめを父に渡した。

「これは……おまえが作ったものかい？」

「はい。それは、前髪をちょっととめるものです」

「こんなもの、見たことがないよ」

「だれも作る者がないので、わたしが作りました。筆がのると、ついつい前のめりになって書きます。そんなときに便利なのです」

「いやはやたいしたものだ。おまえはほんとうに世にふたりとない姫であることよ」

父は厚い手のひらに髪どめを転がし、感心しきったようすでしげしげと眺めた。

「わたしにご用があったんでしょう」

「ああ、そう」

父はぽんと膝を打ち、

「若者から文をもらったそうだね」

早手め。

「ええ、もう捨てましたけど」

「捨てた？　まだきのうのきょうではないか」

「へたな歌で、相手にすることもないかと」

「私としては、どんな歌だったか知りたいものだけど、無理に聞かないほうがいいかねえ？」

父は畳の上に指でなにやらくねくね書きながらいった。父はこの年代の男にめずらしくこうした繊細な心配りのある人物で、わたしはそんな父が誇らしい。

「いっぺん読んで捨てたもので、よく覚えてませんけど」

わたしは髪どめの先でこめかみをぽりぽりと掻き、

「人びとがわたしのことを、かぐや姫の再来だと噂しているとかなんとか、歯の浮くようなことといってましたね」

「なんと」

父は驚いたようだった。

「わたしあての歌なら、もうひとひねりほしいところです」

「そうではなくて姫よ、おまえのことを月からの子ではないかという噂が、少しまえ、あったのだよ。宮中で」

「は?」

「源どのや橘どのがなあ、うちでおまえをいつぞや見かけたときに、顔が光り輝いていたというのだよ。それを皆の前でいってしまったものだから」

「顔が光ってたのは、徹夜あけで、その、脂かなんかじゃないですか」

父はまったく聞こえていないようで、

「それに、まえまえから、おまえにはどこかふつうの姫とはちがうところがあると思っていたと、ふたりとも口を揃えていう」

「手製の髪どめで前髪を上げて、ぼーぼー眉毛のおでこ全開にして家の中を歩いたりね」

「ほかにもほら、歯をせせる糸を作ってくれたりしたではないか」

「ああ、あれ」

食事のあと、歯のすきまに挟まったものがどうしても気になって仕方なく、歯の間にすべらせて、前後に引いて掻き出すための糸を作ったことがある。じょうぶな絹糸に溶かした蠟をしみこませ、平らな石の上に置いて、余分な蠟を包丁の背でこそぎ落とす。すると、歯のすき間にうまく滑りこんで、切れることなくすいすいと動く糸ができるのだ。

「女こどものつまらぬ思いつきと笑ってください」

「あれは便利なものだなあ、もらった分がなくなってしまったから、また作ってくれないか。帝は虫歯でお悩みの――」

「献上しようとか、大それたこと考えないでくださいまし」

そのとき、源さまと橘さまがおつきになりました、と召使いの声がした。父の酒飲み友だちのふたりだ。

「おっ、いまゆく」

父は腰を上げ、足がしびれていたらしく、あいたた、とよろけた。

「あまり飲み過ぎませんように。あと、ご友人にも、無用な噂を立てるのはやめてほしいとお伝え願います」

「わかっているよ、わかっているとも」

*

数日がたった。

盗み見ている者はいないかと、時どき仁王立ちして塀のあたりをにらみつけてみたりしていたが、早手のいう若者のすがたはいちども見えなかった。

すっかり涼しい風が吹くようになっていた。風邪をひきそうだ。

「姫さま、あれからお歌はどうなさいました？」

早手がいそいそと、昼餉のあと片づけをしながらいった。

「歌って？」

「あのかぐや姫の歌のことですよ」

「どんなのだったか覚えてないね」

「まあ……」

残念そうに見つめる早手に背を向け、机に読みかけの書物と筆箱を乗せ、さもさも忙しそうなふりをする。あの歌のことが気になって、併せ草紙のための物語がしめきりに間に合わなかったなんて、口がさけても早手にはいえない。

「私は、姫さまは可愛らしい方だと思いますよ。他のお年頃の姫君たちと比べても、けっしてけっして見劣りしやしませんよ。なんといっても心が清らかでらっしゃる。人の悪口とか、愚痴だとか、雹さまのお口から聞いたことありませんもの。冷やかしたりする男のほうが馬鹿なんです。早手は姫さまの味方でございます」

わたしは笑いをこらえながら、「必死に褒めなくていいんだよ」

「だってくやしいんですよ――　あっ！」

「え」

「あれ！　あの者です！」

早手は、袴の裾をからげて軽がると庭へ下り、板戸を抜けて駆けていった。

あの者がまた――

わたしはぼんやりと庭を見やった。

早手が開けっぱなしにしていった板戸の下に、白いものがちらちらしている。小鳥でもとまっているのかしらとそのまま見ていても、動く気配がない。目をこする。このごろまた少し、離れたものが見えにくくなった。早くもう一枚の「けざやかに見える玻璃」を手に入れたい。

庭に降りてみると、板戸の下に落ちてたのは文だった。

若者が落としていったのだろう。開いてみると、歌が一首書きつけてあった。

月の下あゆめば汗のしむ衣汝がふるさとは近くもあるか
(月の下を散歩していたら汗をかいた。あなたの故郷である月は、意外と近いような

気もする）

「あー、くやしー！」

口惜し、口惜し、といまいましそうにわめきながら、こぶしを振りふり、早手が戻ってきた。

「あのいたずら者、取り逃がしてしまいました」

「いいよ、ありがとう」

わたしは文をふところに入れ、なにごともなかったように部屋に戻った。そして、吹きこむ秋風の冷たさに、襖を閉めた。

＊

「お待ちかねの宝物だよ」

夕食のあと、父がひと抱えほどの箱を持ってきた。

わたしは読んでいた草紙を脇に置き、ふり返る。

「もしや！」

「そう、そのもしや。皆に集めてもらったのがきのう届いた」

「なんとうれしい。ありがとうございます」

わたしはさっそく包みをほどき、ふたをあけて中をあらためた。大きいもので手のひらくらいのから、小さいのは親指の爪ほどまでの、厚みも形もさまざまの玻璃のかけらがどっさり入ってた。

「気をつけて。尖っているから。指を傷つけないように」

「はい」

「それにしてもどうしてそんな、がらくたがほしいのかねえ。おかしなものを集めていると、ずいぶん珍しがられたよ」

父はおもしろそうにわたしの顔をのぞきこむ。

「うちの電姫のことだから、これでまた便利なものでもこしらえてくれるのかな」

「役に立たないと思えるものの中に、役立つものの種があるのです」

「いいことというね、さすが私の娘」

父はほんとうに誇らしげにわたしのことを見つめた。

「あまり遅くまで、机に顔を近づけて書きものをするんじゃないよ。遠くが見えにくくなるというから」

わたしは笑ってうなずく。

父上、手遅れです。わたしの目は、もうあまり遠くは見えません。

冊子箱に大切に入れてある、けざやかに見える玻璃をとりだす。ちょうど、目のまわりのくぼみの大きさほど。

まだわたしが子どものころに、父が大切にしていた玻璃の壺が割れたとかいう、そのかけらを拾った。とても綺麗に光るので、尖った部分を石でこすってなめらかにして、いつも守り袋に入れて持ち歩いていた。一年ほどまえ、それを目にあてがって景色を見ると、そのままで見るよりもはっきりと見えることに気づき、けざやかに見える玻璃と名づけていっそう大切にするようになった。

この玻璃を透かして、夜空の月やら遠くの家やらを眺めて、昔はこんなふうに景色が見えていた、と思い出した。何年ものあいだ、起きている時間のほとんどを書きものや読書しつづけて、少しずつものが見えにくくなっていたらしい。

探しているのは、これと同じような玻璃のかけら。

この玻璃のおもてのかすかな曲がり具合や厚みと、目にあてたときの見えやすさには関係がある、と思う。

このけざやかに見える玻璃と似た玻璃を探して、二枚をそれぞれ両目にあてたなら、もっとはっきり見えるようになる道具が作れるはずだ。

わたしは父が集めてくれた玻璃のかけらを、一つひとつ目にあてていった。

＊

「この二枚の玻璃を、目と目のあいだの幅に合わせてつなげる、ですって？」

「そう。できる？　うちの姫さまがそういうものをお望みなの」

「…………」

曲物職人の男は、早手から渡された二枚の玻璃のかけらを手に乗せたまま、まったく要領を得ない顔をしている。早手は、あ、そうだといってふところからわたしの描いた図を取り出して広げ、

「これ完成図ね。姫さまの目の幅の寸法はこの通り」

「なんです？　いったいなんなんです？　これは……」

「えーと、こうやって玻璃が一枚ずつ目の上にきて、これを通してものを見る道具ってことなんだけど。手を離してもずっとつけていられるように、落ちないように頭に巻きつけておくひもね、これ」

「こんなもの、作ったことないんで」

「それはわかってるの、都のどこにもありやしないの」

白髪まじりの職人は首をひねるばかりで、早手もこれ以上説明しようがなくて、短気なものだから言葉がだんだんきつくなってきている。ふたりの背後からやりとりを見ていたわたしは、御簾の陰から咳払いした。

「早手、やっぱりわたしが直接説明しようかね」

「出てらっしゃらないでくださいよ、姫さま」

「では、難しいことをお願いするんだから、もう少し優しく伝えてあげておくれ。わたしはそれがほんとに必要なんだから」

ああじれったい。こんなふうに物陰からものをいうのはほんとうに性に合わない。出ていって一発で話をつけてしまいたい。

「あのう——恐れ入ります、お姫さま」職人はしばらく玻璃を手にして考えをめぐらせているようだったが、意を決したように庭からわたしに呼びかけた。早手が、無礼な！　と声を荒らげるのを、御簾から腕を伸ばし、扇を振って制する。

「かまわないよ、やはりわたしがじかに答えるのがよい。どうぞなんでもたずねておくれ」

「この玻璃を目につけるのは、なんのためです？　それがわからないんで」

「少しまえから、遠くのものが見えにくいんだよ。それをつけるといくらかよく見えるようになる。いつも顔につけていられたら便利だろう?」

「お姫さま、あなた、こんなものが目についてたほうがよく見えるんですか?」

「信じられないかもしれないけど、そういうこと」

「たまあに、若いのに目が弱い人がいるっていいますけどねえ……」

職人は低くうなり、玻璃のかけらをうらおもて、日に透かして眺める。

「薄い、よくしなる細い板で枠を作って、かけらをはめこんで、それをつなぐ。できないだろうか。頭にはひもで巻きつけておければよい」

「できないことはないけども……こんなおかしな物を作れと頼まれるのははじめてで」

「おかしなことを頼んでいるのは、よくわかっているよ」

「虹大臣の姫さまといえば、おもしろい方とは聞いていましたが、いやはや」

男は緊張が解けたように笑って、

「こんなものを顔につけてたら、いよいよ頭がおかしくなったと噂になってしまいますよ」

「調子にのって。口を慎みなさい!」

怒る早手をさえぎって、「いいからいいから。心配無用。家の中だけにしようとは思っているよ」

「じゃあ、まあ、十日ほどいただけますか」

「そなたを父上の贔屓の者と信じて宝物をあずけるんだから、大切にしておくれ。こんなかけら、なかなか二枚揃わないんだから」

「かしこまりました。では十日後に」

＊

桐の箱に入って、眼かけ玻璃が届いた。

薄い白木の枠にきっちりとおさまった二枚の玻璃を、橋渡しする細い棒。棒の両端には黒い絹の組みひもが結わえてあり、頭の後ろで結べるようになっている。

さっそく二枚つながった玻璃を目にあててみると、思った通り、なにもつけないよりも五割増しくらいよく見えるのだった。

「想像したよりずっとずっと美しい。なんと心をくすぐる可愛らしい道具だろう」

「あの職人、頼りない感じでしたがいい仕事しますね」

「これは特別に褒美をとらせなくてはね。早手、はやく結んで」

「はいはい」

早手はわたしの後ろ頭で組みひもを結び終えると、すかさず前に回ってわたしの顔を見た。ひ、とみょうな声をあげたと思うとのけぞって笑いだした。

「あははは、ははははは、はは、は、は、ひー」

「はしたない声出すもんじゃないよ」

「だって姫さま、すごいお顔」

「ちょっと鏡」

早手は腹をよじって笑いながら、手鏡をよこす。

わたしもじぶんの顔に笑い転げる。

「あ、あ、はずして、はずして。玻璃がこわれる」

はいはい、と早手がひもをほどき、顔からかぱりと落ちる玻璃を両の手のひらで大切に受ける。

「そんなもので、よく見えるんですか」

「よく見えるから困る。手放せなくなりそう」

「橘さまや源さまに見つからぬようになさいませ」

「ほんとだね」

早手が部屋を出てゆくと、桐の箱をふたたびそっとあけ、嬉しくてうれしくて何度も玻璃をつけたりはずしたりしてみた。

庭で物音がした。

体が勝手に動いて立ちあがり、気づいたときにはスパーンと襖を開けていた。そして塀の向こうから顔を出している者のすがたを、はじめて見た。

「…………」

その者の驚愕の表情に、玻璃を顔にかけたままだと気づく。

「あ、やべ」玻璃をはずすのがさきか、扇で顔を隠すのがさきか、一瞬考えて、わたしはどちらもしなかった。

玻璃をかけると、ここからでも、塀の上から出ている首の喉もとがごくんと上下するのがわかる。そんなふうに部屋の中と塀の上で見つめあっていて、わたしが先に口を開いた。

「まだ子どもじゃん。歌なんかよこしてどんなやつかと思ったら」

その者のこわばっていた顔が、だんだん、おもしろいものを見るような風情に変わってゆく。

「なに、それ」

「眼かけ玻璃」

「めかけはり?」

「いかにも。これを目にあてるとよく見える」

「なにがよく見える」

「そのへんの物が」

「そのへんって……」

きょとんとして、意味がわからないみたい。

「無理ないか、もとから見えてる人には必要ないもんね」

「なにをひとりでごちゃごちゃと」その者は垣根の上に身を乗り出して、「おれの歌、読んでくれた?」

「ああ、あれ」

「どうして返事をくれない」

「いまいちだったから」

「まじで」

「まじで」

その者は衝撃を受けたようだった。たよりなく口があいたまま、数秒、目が泳ぐ。いがいと繊細な心の持ち主なのかも――「二回めの歌はまあまあだったよ」

こんどはぱっと顔が輝く。

「及第点か」

「まあね」

「では、どうかそちらへ入れておくれ」ちらちらと後ろを振り返って、「さっきから、道ゆく者がおれを見る」

わたしはにやにやして、「あれ、もうすぐ早手がおつかいから戻るんじゃないかなあ」

「あのおばさんか！　勘弁してくれ」

「あはは、じゃあ入りなよ」わたしはすっとよけて、部屋の中に下がる。

「ではゆく」その者は板戸をあけて入ってきた。

うれしそうに、わたしをまっすぐ見つめながら日暮れの庭をゆうゆうと横切る。植木や石の蔭に柔らかな闇がひそむ夕映えの中で、わたしにはこの人だけが動いて見えた。

部屋の前まで来ると恭しくひざまずいた。

少年は、香香《かか》少将といった。

*

香香少将とふたりだけになった部屋は、いつもより狭くなり、明るくなったように思えた。わたしは少将の背後から強く放たれているような気がする明るさを見つめていた。

「どこかおかしい?」

少将は袖を広げてじぶんの身なりを見下ろす。

「いやべつに」

「さあ、さきほどの玻璃を見せておくれ」

「気をつけて、壊れやすいものなんだ」

「いかにも、いかにも」

眼かけ玻璃を少将に渡す。彼はそうっと手にとって、灯明に透かすようにして、眼かけ玻璃をうっとりと眺める。わたしの宝物をそのようにあつかってくれる心が、うれしかった。

「薄く削りだした木で、玻璃をくるんと巻いてある。木目もきれいにそろえてあるんだなあ。流れるようだよ」

と、畳の上にざっと袴の裾を払い、座る。

わたしもその正面に腰を下ろし、

「そうなんだよ！　わかる？　この良さ」

「はじめて見る道具だが、なんともいえぬ愛嬌のある形だ」

「でしょう。父上にいちばん腕のいい曲物師を呼んでもらった」

少将はじぶんの目に玻璃をあて、

「おれにはぼやけて見えるだけだ」

「目が悪い人のための道具だもん」

「そういうものか」

わたしの顔に、すっと玻璃をあてがい、

「君の肌によく合う白木。頭に巻くひもは赤いものにしたらいい」

「髪の上に赤じゃ目立ちすぎる」

「だからいいんじゃない」

「父上の友だちに見られたら――わたし、ただでさえおかしな娘と思われてるのに」

「月からきたと噂のたつほどに」

鼻筋の美しい横顔は、どこかで見たことのあるような。

だれかに似ている――？

よし、というように少将は膝を打ち、こちらに向き直る。

「姫、やはりおれたちはつきあおう」

「おれたち？」

思わずあたりを見まわした。少将はきらきらと笑って、

「ほかにだれがいるっていうの」

「ていうかあんた、どこのだれ？」

「え……」

「わたし、あんた知らない」

少将はびっくりしたようにわたしの目をのぞきこみ、

「君は――もしかして、知らない相手をわりと部屋に上げたり、する人？」

「ないない」

少将は顔をそむけ、「君ならほかに求愛する男が何人いてもおかしくない――けど、でも、そうだとすると、やはり苦しいものがある」

というと、そのかわせみの羽のような涼しげな目もとがほんとうに苦しげになる。

わたしはそれを見ていられない気持ちになり、

「安心しろ、わたしにいい寄った男はあんたしかいないから」

「ほんとに？　君ほどの有名人が」

「有名っていうか、悪名に近いよね」

「宿直のときに同僚たちがよく君の噂をしていた。虹大臣の娘が美人かどうか賭けようって。けどおれは妹から君のことを聞いて——美人だと知ってるし、名前だって知ってるし、連中が君にほんとうに興味を持つまえに、会ってしまいたいと思った」

「妹？」

「おれの妹は香甘《かあま》だよ、君の幼なじみの。なにも聞いてないか」

「香甘ちゃん？　あんたが香甘ちゃんの自慢のお兄ちゃん?!」

香甘姫は併せ草紙仲間のひとりで、わたしと同い年の幼なじみ。可愛くて、歌もじょうずで、若い公達にもてもての。口ぐせは、お兄ちゃんがああしたのこうしたの。どんな貴公子も兄と比べたらつまらぬといって片っぱしから求愛をはね退けている。

「妹がなんていってるか知らないけど——」

わたしはにやっと笑って、「光少将」

「わっ」相当恥ずかしいらしい。少将は顔を覆って「いわれる本人の身にもなって」

「いいじゃない光る君の再来なんて」

「あいつはおれのこととなると無批判すぎる」

「身内だって裏切ったり裏切られたりの世の中、無条件で慕ってくれるきょうだいがひとりでもいるって、ありがたいことよ」

少将は感心したように首を振り、「君はとても妹と同い年とは思えない」

「わたしのこと、香甘ちゃんから聞いてたの」

「愛想はないけど味のある顔をしてるとか、頭がよくておかしな道具を発明してるとか」

「あの子、人をほめるよね」

「ずっとそんな話を聞かされてたから、勝手におれの中では君は長いこと知ってる人のような気がしていて。なれなれしい歌を贈ってしまった。気分を悪くしていたら謝るよ」

「素直なこと」

「折れるということを知ってるのさ、わがままな妹を持っているから……」

香香少将は微笑した。さて、というように扇子をぱちんと鳴らして、

「また来る」

と立ち上がる。よい香りがふわりとただよう。

「もう帰っちゃうの」

「――っていってもらえるのか」

「え」

「もういちどいっておくれ」

「なにを」

「いまのやつを」

「へっぽかじゃないの」

「そんなことはいわなかった、もう帰っちゃうのといったじゃないか」

「しょうがないなあ、もう帰っちゃうの」

「来た甲斐があったというものよ」

少将は感極まったような表情でわたしの両手をとって、ゆらーん、ゆらーんと波のように左右に揺すった。さびしくなりかけたわたしの気持ちを察して、少しおどけて、子どもをあやすようにしてくれていると感じた。

「なあに、これ」わたしはくすくす笑う。

「お別れの舞」少将も笑いながら。

「ばかみたい」

「ばかなんだよ」

そういうと香香少将はすっすと歩いて襖の前に立ち、

「ではゆく。今度はいいものを持ってこよう」

「お気遣いなく」

「ほんとうにおかしな姫だ」

「つぎはいつ」

「そうだなあ」

少将は少し考えて、

「あさっての満月を一緒に見よう」

「わかった」

ふくらんできた月が見下ろす夜の庭へ、香香少将は出ていった。どうしてか、今夜はりーころの鳴き声がとても遠いものに聞こえる。

ひとりでしばらく庭を見ていた。

これから彼が帰る家に香甘ちゃんはいるんだな、と思うと、記憶の中の幼なじみの家が、ふんわりと靄に包まれてゆく。

＊

「香香という名は、やはり天香香背男《あめのかかせを》からきてるのかな」

「どなたですって？」

わたしの着替えを箱に納め、早手はふり向く。

「神話にそんな名前の星の神がいたよね？　あいつがなんだか光ってるように見えたのは、星神の名をもらっているせいかもしれない」

「だれの話をなさってるんです」

「あの文をくれた者だよ。香甘ちゃんの兄の、香香少将という」

「ええっ」早手は飛びあがらんばかりに、「いつそれがわかったんです？　姫さまはその方と会われたんです？」

「おとついきたよ。で、きょうもきて一緒に月をみるから団子を多めに作ってほしいの」

「まさかもうお部屋に？」

「上がってもらったよ」

「お顔も見せておしまいに？」

「もったいぶるほどの顔じゃなし」

「早い！　早すぎます、もっと手順をじっくり踏んで、じらしていかないと」

「いきなり玻璃をかけた状態で目が合ったんだもん。扇出すひまもなく」

「あの顔で」ぞっとしたように早手は身震いしてみせる。

「わたしみたいのがいいって。世の中捨てたもんじゃないね」

早手はなにごとか算段する時のくせで、口に手をあて、目だまを上の方にめぐらせる。

「……家柄はいうことなしですね」

「家柄とか、どうでもいいけど」

「よかありませんよ、身分ちがいの恋の悲劇、お読みになりました？　渦巻式部さまの『落桃物語』」

「読んだっけな」

「ああ、姫さまはじめての恋人登場。なんだか私までわくわくいたします」

「気が若いよね、早手って」

「で、泊まってゆかれました？」

ふふふ、と早手は含み笑いをしながらすり寄ってくる。

その響きに気づかぬふりで、散らかっている草紙をぱらぱらとめくりながら、

「ちょっと喋って、わりとすぐ帰ったかな。まずは自己紹介ってとこ」

「聞いたことありますよ、なかなかの美少年とか」

「普通じゃないの」

「またまた。光少将と呼ばれるお方でしょう」

「本人いやがってたよ」

「奥ゆかしくてらっしゃる」

「心根は優しそうだったな」

「美男で心優しく、賢くて出世まちがいなし……そんな完璧な殿方っているのですね」

「そのうち欠点も出てくるだろうよ、楽しみだね」

そういうと早手はしげしげとわたしを見つめ、

「電さま、私は、時どき電さまが十五歳とはとても思えぬときがあります」

「なぜ？」

「世間で十五歳で、しかもはじめての恋といえば頭に血がのぼって、そりゃあたいへ

んなものでございますよ。相手の欠点なんかは盲目になってまるで見えないか、目につきだすころにはたいがい熱は冷めています」

「これでも頭に血はのぼっているんだよ」

床の上の草紙をかき集め、机にとんとんとそろえる。

「そうは見えないかもしれないけどね」

＊

月が高く上がるころ、香香少将は庭にゆらりとすがたをみせた。

「ああ、姫よ見てごらん、いい月だ」

月を見上げて、まるでずっと昔からの恋人のように、父のように、少将はいった。

「遅かったね」

「すまない、もっと早くくるつもりだった。月見の客が多くて相手をさせられていた」

「団子をたくさん作ってもらったよ」

「これはこれは」

少将は部屋に上がり、三宝に積んだ団子をひとつとり、食べた。夜道を目立たぬようにかぶってきた、暗い色の布のすきまから、萌黄色の狩衣がちらちらと火のようにのぞいた。少将が団子をつまむ、剪りそろえられた爪の先をわたしは目で追う。

「うちの団子よりうまい」

「ほんと？　よかった」

「雹よ、この団子を持っていまから出かけないか。見せたい場所がある」

「ゆく」

わたしたちは団子を包み、庭を横切り、外へ出た。少将はわたしにも、同じような目立たぬ色の布をかぶせた。

「追いはぎにでもなったよう」

わたしは笑った。少将も笑って、わたしの肩を抱いて、月が照らす通りを歩く。出歩いている人は少ない。牛車がたまに通って行った。

わたしはほくほくとして、少将を見上げ、

「なにを盗もう」

「人の目を」

「おう、人の目を盗もうぞ」

「だれも見ていない景色をひとり占め、いや、ふたり占めだ」

なぜ自分たちを罪人にたとえたくなったりするんだろう。

だれからなにを奪っている気がするんだろう。

わたしたちだって、きっと、大切なものを差し出しているのに。

空を見れば、まんまるの月がにじむ。ふところから眼かけ玻璃を出して、目の上にあてた。ぼやけていたものたちが、いくらかきゅっと集まり、像を結ぶ。

肩に少将の手のひらを感じながら、通り過ぎる景色に目を見はっていた。

なにひとつ見落としたくなくて。

この道は
いまわたしたちが
足のからまりあうような近さにあって
ともにゆくこの景色は
おろし金のようなものだ
わたしたちは命を削りながら
通り過ぎる
家いえの垣根や戸口にこすれて

火の粉を散らしながら。

「わたしたち、どこへ向かっているの」

「みごとなすすき野原があるんだ。そこから見える月が素晴らしい」

人が夢に出てくるのは、その人に想われているからだという。ならばこんなふうに景色が美しく見えるのは、いま一緒にいる人が、わたしのことをほんとうに想っているからにちがいない。

「香香よ、あんたがわたしをすきなのがわかる」

え？　といって、少将はわたしの顔をのぞきこむ。

「景色が異常に綺麗だ。これはあんたが見せてくれてるんだろう」

「どんなふうに見えている。教えておくれ」

「風のひとすじごとに色があり、音が異なる。耳の穴に甘いものがたまる」

「なにがたまっている」

少将はわたしの髪をめくって耳の穴を見ようとした。わたしはくすぐったくて体をよじり、逃れ、

「空気が、夜の気が、月の光が、あんなやわらかいものが、わたしたちを削る。音もな

く」

「おれたちを削る」

「わたしの体の中に、ごとごとと動くものがある」

「ごとごとと動くもの」

「それが止まるとき、きっと死ぬんだね」

「たしかに、これが止まると死ぬ気がする」

「あんたの中にもある？」

「あるね」

「いい顔をしている」

「そっちこそ」

「月の下……」わたしはつぶやく、「月の下あゆめば汗のしむ衣、汝がふるさとは近くもあるか」

「覚えててくれたのか」

「たしかにこんなふうに月を見ながら汗を感じて歩いてると、このつづきで月の都にたどりつけるような気がする」

「何度も夜中にひとりで、君の家の前まで行った。そのときの歌だ」

「早く声かけてくれたらよかったのに」

「それができたら苦労しない」

少将は思い出したように、「そうだ雹、いいものを持ってきた」

少将は懐から小さな包みを出す。わたしは立ち止まって、それをひらく。赤い、ところどころに花模様のぼんぼりがついた長いひもが巻いてあった。

「可愛い」

「玻璃のひもを、これにつけ替えてごらん」

「うん」わたしは玻璃の両端に結んでいた黒いひもをはずし、赤いひもをしっかり結わえた。

「なんて可愛らしい。わたしにはもったいないほど」

「会えないときはこれをおれだと想っておくれ」

「少将、うれしすぎてなんてお礼をいったらいいのかわからない。生きているとこんなにうれしいことがあるんだね」

「そんなに喜んでくれるとは」

「うれしくて、うれしくて胸がはりさけそうだ。わたしどうなってしまうんだろう」

わたしは胸の上に手を重ねて歩く。

あまりにもうれしいときと悲しいときの胸の痛みがそっくりなことに驚きながら。

「昔から、月じゃないかもしれないけど、故郷は別のところにある気がしてるの」

「なんという国」

「こういうものをあたりまえに使ってた人びとの国」

「眼かけ玻璃を」

「それだけじゃない、髪どめや、歯をせせる糸もそう。そこにはもっともっとたくさん、便利なものがあったはず。これらはわたしが発明したものじゃない、身近に使ってたときのことを思い出して作ってるの」

「そんな国があるんだろうか」

「ある。ということしかわからないけど。ある」

「電のいうことなら信じよう」

わたしたちは町はずれの竹やぶを抜け、小さな丘を越え、すすき野原に出た。すすきをかきわけてならし、ならんで座る。急ごしらえの鳥の巣のよう。

どこかで犬が遠吠えして、少将の顔を見つめていると、びょうーん、びょうーんという切ない鳴き声が、彼の左耳から入って澄んだ目の裏側を通り、右耳へ抜けてゆくのが見えた。

少将は胸の前でかきあわせていた黒っぽい布を脱いだ。狩衣のあざやかな萌黄が、花粉まみれの蝶のよう。風が吹くたびに衣から金色の粉が舞うようで、彼はこんなにも生きているのに、亡霊みたいにも見える。

「一緒に併せ草紙を書いてる女の子たちは、みんな理想の恋愛の物語を書く。わたしだけが、夢を頼りに、どこかにあるはずの故郷での暮らしのことを書いてた」

「妹に借りて読んでたさ、もちろん」

「ほんと」

「こんなふうに、そこへゆく、ゆくとふたり念じていたらゆけるのではないか」

少将はわたしの頰に頰をつけ、しんと花が閉じるように抱きしめた。

「もうとても近い気がするよ」わたしは嚙みつくようにして少将の肩に顔をうずめる。

「雹よ、さっきからずっと、おれにも景色があやしいほど美しく見えている」

「それはよかった」

わたしはうなずいた。心から。

FINE CUTE

水泳チーム

ミランダ・ジュライ／岸本佐知子訳

これは、あなたと付き合っていたころに最後まで話さなかった、あの話だ。あなたは何度もしつこく聞いて、勝手にいやらしい方向にばかり邪推した。誰かに囲われてたの？　ひょっとしてベルヴェディアって、ネヴァダみたいに売春が合法なとこ？　一年じゅう裸で過ごしてたとか？　そのうちに、本当だったことがだんだんと虚しく思えてきた。本当のことが空っぽに感じられるっていうことは、たぶんあなたとはもう長くはないんだろうとそのときわかった。

ベルヴェディアには好きで住んでいたわけじゃなかったけれど、引っ越し代を親に出してもらうのは死んでもいやだった。朝、目をさますと、ああたしこの町にひとりぼっちで住んでるんだと思い出して、そのたびに愕然となった。町とも言えないくらいちっぽけなところだった。ガソリンスタンドのまわりに家が何軒かあって、あとは一マイル行ったところに店が一軒、それでぜんぶ。わたしは車を持ってなくて、電話もなくて、二十二歳で、親には毎週うその手紙を書いていた。いまわたしはR・E・A・Dというプログラムで働いています、将来非行に走りそうな子供たちに読み聞かせをする仕事です、州がお金を出している試験的なプログラムです。R・E・A・Dが何の略かは考えてなかったけれど、〝試験的なプログラム〟と書くたびに、我ながらうまい言葉を思いつくものだと感心した。〝早期教育〟もお気に入りの言い回しだった。

これはそんなに長い話じゃない。だってその年の何がいちばん驚きかって、ほとんど何も起こらなかったっていうことなんだから。ベルヴェディアの人たちはわたしの名前をマリアだと思っていた。自分でマリアと言ったことは一度もなかったのに、いつの間にかそういうことになっていて、でも今さらあの三人に自分の本当の名前を言う気にはとてもなれなかった。三人というのはエリザベスとケルダとジャックジャックのことだ。なんでジャック二つだったのかは謎だし、ケルダだって本当にそれで合ってたのかどうかわからない、とにかくそういうふうに聞こえたし、わたしが彼女のことを呼ぶときはいつもそういうふうに発音していた。三人を知っていたのは、わたしが彼らに水泳を教えていたからだ。ここがこの話の一番のミソで、だってベルヴェディアにはもちろん海も川も湖もないし、プールだってなかったのだ。ある日、その三人が店でその話をしていて、ジャックジャックが、あの頃もうすでにものすごく年寄りだったからきっと今ごろは死んじゃってるだろうけど、ジャックジャックが、わしもケルダも泳げないんだからプールなんてなくたってかまわんさ、二人ともおぼれちまうのがオチだ、と言っていた。エリザベスはケルダのいとこか何かだった。そしてケルダはジャックジャックの奥さんだった。三人ともかるく八十は超していたと思う。エリザベスは、あたしは子供のころ一度いとこ（たぶんケルダとはべつのいとこ）の家に遊びにいって、そのときたんと泳いだわ、と言った。わたしがどうしてその会話に加わったかというと、エリザベスがそのときこう言ったからだ。泳ぐときは水の中で息をしなくちゃいけないのよ。

それ、ちがう、とわたしは叫んだ。声に出して何かを言ったのは、ほんとに何週間かぶりだった。誰かに告白したときみたいに心臓がどくんどくんしていた。息を止めるだけよ。

エリザベスはむっとしたような顔をして、冗談よ、と言った。

ケルダが、あたし息止めるなんて怖くてとても無理、あたしの叔父さんが息止めコンテストで長いこと息を止めすぎて死んじゃったもんだから、と言った。

お前その話本気にしてるのか、とジャックジャックが言うと、ええそうよちがうの、とケルダが言い、叔父さんは心臓発作で死んだんだろうが、いったいどこからそんな話になったのやら、とジャックジャックが言った。

それからわたしたちはしばらく黙って立っていた。わたしはそうして誰かといっしょにいるのが本当にうれしくて、これがもっと長く続けばいいのにと思っていたら、本当にそうなった。ジャックジャックがこう言ったからだ。てことは、あんたは泳いだことがあるのかね。

わたしは高校のときに水泳部に入っていたことや州大会にまで出たこと、でもビショップ・オダウド校っていうカトリックの学校に、はやばやと負けてしまったことや何かを話した。三人は本当に、すごく興味深げにその話を聞いていた。わたしはそれまでこんなの話のうちにも入らないと思ってたけれど、急にものすごく波瀾万丈で、ドラマや塩素や、その他エリザベスとケルダとジャックジャックが見たことも聞いたこともないいろんなものであふれた、すごい物語であるような気がしてきた。この町にもプールがあればよかったのに、そう言ったのはケルダだった。せっかく水泳のコーチさんが住んでるっていうのにねえ。わたしはべつに水泳のコーチとは言わなかったけど、でも気持ちはわかった。本当に残念だった。

するとおかしなことが起こった。わたしは自分の靴と茶色のリノリウムの床を見ながら、この床ぜったい百万年ぐらい掃除してなさそう、と考えていて、そうしたらなんだか急にもう死んじゃいそうな気がしてきた。けれど死ぬかわりに言った。水泳、教えてあげられるわ。プールなんてなくたってだいじょうぶ。

わたしたちは週に二回、わたしのアパートに集まった。三人が来ると、わたしはボウル三つにぬるま湯を張ったのを床にならべ、それとはべつにコーチ用のボウルをその前に置いた。お湯には塩をちょっと入れた。鼻から温かい塩水を吸うのは健康にいいって聞いたことがあったし、きっと三人はうっかり鼻から吸いこむにちがいないと思ったからだ。わたしは鼻と口を水につけ、横を向いて息つぎをするやり方を教えた。それに足の動きをつけ、それから腕の動きもつけた。たしかに水泳を覚えるのにこれはベストな方法じゃないかもしれない、とわたしは言った。でもね、オリンピックの選手もプールがない場所ではこうやって練習するのよ。わかってるわかってる、もちろん嘘、でもね、大の大人が四人、キッチンの床に転がって、まるで何かに怒ってるみたいに、かんしゃく起こしてるみたいに、何か悲しいくやしいことがあって、それをヤケになってさらけだしてるみたいに、ものすごい勢いで足をばたばたさせてるんだもの、それくらい言わなきゃ合わなかった。わたしたちと水泳をつなぐ、何か強い言葉が必要だった。ケルダは顔を水につけられるようになるまで何週間もかかった。いいのいいの、ドンマイ！　とわたしは言った。それじゃあまずキックボードから始めましょうね。わたしはケルダに本を一冊渡した。ボウルに拒否反応を起こすのは、とっても自然なことなの。それはあなたの体が死にたくないって言ってるってことなの。体が死ぬのはいや、とケルダは言った。

わたしは自分の知ってる泳法をすべて教えた。バタフライはすごかった、あんなのたぶん誰も見たことがない。キッチンの底が抜けて水に変わって、そこを三人が、ジャックジャックを先頭にして泳いでいってしまうんじゃないかと思えた。ジャックジャックは飲みこみが早かった、いやそれ以上だった。本当に床の上を、ボウルや塩水や何かといっしょに進んでいった。そして寝室で折り返して、またキッチンに戻ってくるころには、汗と埃にまみれていて、そんなジャックジャックを奥さんのケルダは両手で本につかまったまま顔を上げて見て、黙ってただにっこりした。そら、ここまで泳いでおいで、ジャックジャックはケルダに向かってそう言ったけれど、ケルダは怖がりだったし、だいいち床の上を泳いで進むのには、上半身の力がうんといるのだ。

わたしは水には入らないでプールサイドに立ってるタイプのコーチだったけど、いっときも休むひまはなかった。偉そうな言い方かもしれないけど、わたしが水のかわりだった。わたしがいっさいを取りしきっていた。エアロビクスのインストラクターみたいに絶えず声を出していたし、きっちり同じ間隔でホイッスルを鳴らしてプールの端を知らせた。するとみんなそろってターンして、反対方向にむかって泳ぎだした。エリザベスが腕を使うのを忘れていれば、わたしはこう叫ぶ、エリザベス！ 足は浮いてるけど頭が沈んでる！ するとエリザベスはしゃかりきになって腕を動かしだし、すぐにまた水平にもどる。わたしの細心かつ親身な指導方針にもとづき、飛び込みはまず机の上に立ってきちっとポーズをつけ、それからベッドの上にお腹からばすんと落ちる、というやり方を採用した。でもそれはあくまで安全のためにしたまでで、やっぱり飛び込みにはちがいなかった、哺乳類の誇りを捨て、重力に身をまかせることに変わりはなかった。やがてエリザベスの提案で、落ちるときに何か効果音をつけるというルールが加わった。わたしの趣味からすると、これは少々クリエイティブすぎたけど、でもわたしは新しいことも受け入れた。教え子からも学ぶべきは学ぶ、そういう教師でありたかった。ケルダはいつも木が倒れる音を――まあいわば雌の木といったところ――つけた。エリザベスは〝アドリブでやる〟と言いながらいつもまったく同じ音で、ジャックジャックのは〝爆弾投下！〟だった。練習が終わると、わたしたちはタオルで体をふき、ジャックジャックとわたしが握手をして、それからケルダかエリザベスのどちらかが何かお料理、キャセロールとかスパゲティとか、そんなものを置いていってくれた。それは授業料のかわりで、おかげでわたしはもう一つバイトを増やさずにすんだ。

週にたったの二時間のことだったけれど、ほかの時間はすべてその二時間のためにあった。火曜日と木曜日、朝起きるとわたしはまず思った——きょうは水泳の練習の日。それ以外の日は、朝起きると思った——きょうは水泳の練習のない日。町で、たとえばガソリンスタンドや店で生徒の誰かとばったり会うと、わたしはこんなふうに聞いた、どう、ニードルノーズ・ダイブの練習はちゃんとやってる？　すると彼らはこんなふうに答える、はいがんばってます、コーチ！

わたしみたいな人間が〝コーチ〟って呼ばれるなんて、あなたには想像もできないでしょうね。ベルヴェディアにいたころのわたしはまるきりべつのわたしで、だからあなたにもうまく話せなかった。あそこでは彼氏は一人もいなかった。アートもやらなかったし、アート系の人じゃぜんぜんなかった。どっちかといえばスポーツ系の人だった。そう、あそこでわたしは完璧にアスリートだった——水泳チームの、コーチだった。もしあなたがこの話を面白がるような人だったら、わたしだってとっくに話してただろうし、今もまだあなたと付き合っていたかもしれない。今から三時間前、あなたが白いコートを着た女の人といっしょにいるところを本屋さんで偶然見かけた。とっても素敵な白いコート。あなたはものすごくハッピーで満ち足りた顔をしていた。別れてからまだ半月しか経ってないというのに。あの女の人といっしょにいるあなたを見るまでは、本当に別れたのかどうかもよくわかってなかった。あなたは信じられないくらい遠くに感じられた。まるで湖の向こう岸にいる人のように。点みたいに小さくて、男でも女でも子供でも大人でもない、ただ笑っているだけの点。わたしがいま誰のところに一番もどりたいかわかる？　エリザベスとケルダとジャックジャックよ。もうみんなとっくに死んでしまっただろう、まちがいなく。なんという途方もない悲しみ。わたしはきっと、人類史上最高に悲しい水泳コーチだ。

FINE CUTE

うさと私（抄）

高原英理

「地味な兎ですが、ずっとつきあってください」

誕生日に貰ったポストカードにはこう書かれていた。私は決意した。

半月後、兎は私の右側に座っている。兎はよく寝る。ときどき起き出してはよく笑いよく泣く。


「何て呼べばいい？」

兎はひどく考え込む。私は言う。

「『うさ』はどう？」

「うれし」

私の名前が「ミキヒサ」というので「みき」。変化形は「みきみき」。別のタイプの変化形は「ぴき」。更にもう一段変化すると「ぴきぽん」。場合によっては「みきねこ」。


私は「うにゃにゃにゃにゃ」と言う。好き好きの意味。

うさは「きゅーきゅーきゅー」と言う。ずっと一緒の意味。


「うさ、ほんとによく寝るね」

うさの答え「寝たきりうさぎ」

「うさ、寝顔がとっても綺麗」

うさの答え「じゃ、うさ、一生の三分の二の間、綺麗な顔してんだー」

眠くなったうさの瞼の裏に動物たちが横切ってゆくという。うさが教えてくれる。

「らくだ」

とか、

「大蟻食い」

とか、

「山椒魚」

とか。

あるとき、

「ブロントザウルス」

私はとてもとてもうさが羨ましかった。

夜中に目が醒めると、隣に兎が寝ていた。嬉しかったが、眠いのでそのまま寝てしまった。

夜中に目が醒めると、隣に兎がいなかった。悲しかったが、眠いのでそのまま寝てしまった。

うさの頭に小さな塵。何度取ろうとしても指から抜けて頭にくっつく。うさが言う。

「ここが好きみたい」

うさは「愛してる」と言わない。そのかわり、私の手をとって、「なかよし」と言う。

魚の真似をするうさを捕まえる。ピチピチ跳ねる。私は必死でしがみつき、うさの頬に、ちゅっ。

「麻酔」

うさぐったり。

でも、すぐに麻酔は切れて、またピチピチピチ。再び必死でうさの頬に、

「麻酔」

ちゅ。

うさようやくぐったり。でも口を離すとまたピチピチピチ。

「このうさかな、元気！」

一緒に寝ころんでいるとうさが、突然、

「巨大化」と言い、

「ずんずんずんずん」と迫る。

「わー、ウサラだー」私は慌てふためく。

「ずんずんずんずん」

「わー、ウサラだー」

「ウサラ、何もしないよお」

「ウサラ何するの？」

「寝てるだけ」


うさは背中にすぐかゆいところができる。小さい、ぷつっとしたものがかゆい。

「小さいぷつっ」をひとつずつ探し出す。かいてやる。

「うさ、はい、かい探し」

「はーい」

うさは背中を向ける。

「ここ、どう？」

「かい」がりがりがり
「ここは？」

「かい」がりがりがり

「ここは？」

「かいない」

「ここは？」

「ちょとかい」がり
「かいない」だとちょっと残念。

「うさ、よくもの壊すよね。でも、ある日、癇癪おこして、失敗したうさのこと、すごく怒ったりなんかするといけない。うさ、どっか、行っちゃうかもしれない、困る」

「えー？　どっか、って、うさぎ村？」

「お、それいいね」

不意に思い出す、イギリスの電車の窓から見た兎の姿。兎は、線路のそばまで来て、後ろ足で立ち、前足を手のように合わせていた。そんなのがいっぱいのうさぎ村。

「でも、もし、うさぎ村、行っちゃうときは、みき、ついて来ない？」

「行く行く」

「いいの？　兎になって、たんぽぽ食べて暮らすんだよ、それでいい？」

「うにゃ！」

「ずっと兎でいようか」

「うにゃ！」

「あのねー、うさぎ村はねー、実は、月にあるんだ。ほら」

うさが空を指さす。満月の夜。

うさと私の作った詩
「うさぎ村」
いっぱいのうさうさ
いっぱいのうさうさ
いっぱいのうさうさ
いっぱいのうさうさ
いっぱいのうさうさ
いっぱいのうさうさ

みきみきもいるよお
いっぱいのうさうさ

「うさ、もう、ダンゴムシ！」

うさベッドに転がり込み、丸くなる。とても恥かしいことを思い出したとき。

「ダンゴムシ、他人と思えない。何か、怖いことやヤなことあると、あんなふうに丸くなってたい、うさ、前世、ダンゴムシだったんじゃないかな」


ある日の会話。

「うさリンゴ」

「みきミカン」

「最近、だんだん、まともな話、しなくなってるよぉー、みきみきといると、うにゃにゃにゃとか、きゅーきゅーきゅーとかばっかり増えてくよぉー、困ったよぉー」

「うにゃ？」

「だめー、もっと、シリアスな、哲学的な話、しようよー」

「うにゃ？」

「だめだってぇー」

「うにゃうにゃうにゃ」

「もうー、……」

「うにゃー！」

「うにゃー！」

夜中の二時。よく晴れて月が出ている。急に外へ出たくなる。うさと散歩する。夜の公園や街灯の点いた街路を歩く。

少し風がある。樹々が音を立てる。さわさわさわ。

「感じない？」

「ちょっと不思議」

「いつのことかわかんない、夢だったのかな、樹のいっぱいはえた、暗い道を歩いていって、風があってさわさわさわさわ……

どっかで、ちょっと街灯かなんかの光がさしてて、その下にある樹の枝……」

沈黙。

うさが言う。

「ほら、こんな感じで月の光がさしてるとねー……

んー、……『つきしい』」

「そうか、つきしいんだ」

「でも、何が『つきしい』の？」

「うーん。わかんない」

世界の終わる日、もし生きていたら、うさは言うだろう「きゅーきゅーきゅー」眠いなあの意味。

世界の終わる日、もし生きていたら、私は言うだろう「うにゃにゃにゃにゃ」つきしい晩に散歩しようねの意味。

◆うさぎ情報

「ぴき！　すごい本見つけたよ」

「どんな？」

「すごく厚くてむつかしそうなの。箱に入ってて。高田なんとかっていう人の」

「どんなことが書いてあるの?」

「なんか錬金術がどうとか」

「何ていう出版社から出た本?」

「見なかった」

「いくらくらいするの」

「知らない」

「どこにあったの?」

「本屋」

「どこの」

「よくわかんない」

こういうのがうさぎ情報。

◆ポット

うさが、猫の形をした陶器製のティーポットを買ってきた。黒猫で、ずんぐりしていて、あくびをしている。

たまに私が元気のないとき、うさは、

「はい」

と言ってこのポットを私の眼の前に出す。

私は少し元気になる。

◆祖先

上野の博物館でのこと。

化石のコーナーへ来た。

三葉虫の化石があった。

その中に、一生懸命、体を内側に曲げている形のがある。

横の説明には「丸くなる三葉虫」。

「あー、これ、うさのご先祖様だー」

◆うさと宇宙

うさと一緒に「宇宙」という子供用の図鑑を見る。

暗い背景に太陽系の惑星が並ぶ。

木星と土星の大変な大きさ。地球など豆くらいだ。土星は大きいだけではなくて、輪まである。

「こんなの、ずんずんずんずん、ってやって来たら怖い」

土星を指差して、うさが言う。

少し後ろのページでは恒星の大きさ比べ。

赤色巨星のベテルギウスはとてもページ内に収まらない。左上の、直線に近い弧がそれだ。太陽の大きさは十円玉。

「ぎゃー、ベテルギウス怖いよー」とうさ。

「こんなの、近づいてきたら、どうしたらいいんだろう」

「宇宙って怖い」

こうしてうさはときどき図鑑を開けて怖がる。

◆　いるだけうさぎ

うさが悲しそうに言う「うさ、役に立たないね、ちっともみきのこと助けてないね、いるだけだね」
私が言う「うさ、あんまり役に立つことばっかりやってると、役に立つことがうさの一番大事なとこになるよ、いるだけだといるだけがうさの大事なとこ」

「そうか、いるだけうさぎ」

「うん、いるだけうさぎ」

◆きゅーきゅーきゅー信号

「ぴーぴー」

つけっぱなしを示す合図だ。

居間に敷いているホットカーペットは、つけっぱなし防止機能がついていて、四時間以上つけたままにしておくと、「ぴーぴーぴー」と音をたてるのだ。

「ぴーぴーぴー」

私はホットカーペットの端についたボタンを押す。こうすると音は止まってあと四時間は鳴らない。

「きゅーきゅーきゅー」

今度はうさの合図だ。これが鳴ると私はさっそくうさの頭を撫でにゆく。

「はい、なでなでなで」

こうしてやっとうさの「放っておかれ防止信号」が止まる。

◆ 眠り玉

ぐっすりとよく眠れた日の朝には、枕もとに透き通った玉が落ちていることがある。それは「眠り玉」といって、よい眠りが結晶したものなのだ。

というこんな話をしてからしばらく経った頃、私は道で綺麗なビー玉を拾った。うす青い色で、表面に特別の光沢がある。

「眠くなっちゃった」と言ってうさはベッドに横になる。

私は寝入ったうさの枕のそばにビー玉を置いた。

◆ スーパーウサ

「スーパーウサって知ってる?」

「空飛ぶの?」

「そうなのだ。たとえばね、ぴきが泣いてるとね、……」

「来てくれるの?」

「そうなの、空からシュパーっと飛んで来てね、そいで一緒に泣くの」

◆寝選手

「もう、昨日は眠くて眠くて」

「一日寝てたよね」

「もう、うさ、寝るなら三日連続でもいいぞ」

「寝名人」

「そうだよねー、『ねるねるオリンピック』あれば、優勝なんだけどなー」

「『ねるねるオリンピック』！」

「そ。あ、でも薬物は禁止」

◆悲しいとき

とても悲しそうにうさが泣いている
理由はわからないが隣にいてあげる
随分長い間泣いていたが
ふと顔をあげてうさが言う
「うさぎはね」

「うん」

「ロバが好き」

「うん」

◆いっぱいのうさうさ

うさが言う。

「ねえ、知ってる？　記憶って、脳のいろいろな場所に分散されて保存されるんだって。意味の一部ずつ。だから、手術で脳、少し取っちゃっても、それで何かのこと、まるまる全部忘れちゃうってことは少ないんだって」

「へえー、じゃ、僕の脳には、あっちこっちに、うさうさうさうさうさうさうさうさ、ってあるわけだー、嬉しいなー」

「わー！」

◆まぼろしメロン

うさー、もう寝るね
え　寝ちゃうの？

眠いし
いいもん　お話してくんないなら、うさ、ひとりでメロン食べちゃうぞ
メロンあったの？
ぴきのしらないとこに隠してあるんだぞ
ふうん　でもいいや　おやすみ
もう　メロン食べちゃうぞ

◆　かわいそ虫

秋になるとうさにかわいそ虫がつくので楽しい話をしてやらなければならない。

◆　ふみふみ

心は
ほんの小さなことでとても暗い谷間にゆく
そんなことをうさに話す
するとうさは言う
「ふみふみしたげる」

そしてふかふかの足で私の足を踏む
ふみ
ふみ
ふみ
そうだ、それでいい
とてもいい
と、うさに言う

◆野の姫

うさはどこかの国の姫なのだけれども
生まれたときうさぎの穴にいたのでうさぎです
とのこと
ときどきどこかにある王国のことが気になるらしい
姫の育ちをしていないので王宮の作法は知らない
でも姫なので
これを野の姫と呼びましょう

◆うさぎ時間

寝るとき。寝て夢を見るとき。決まった時間に起きられないとき。決まった時間に寝られないとき。空の色が気になるとき。風の動きが見えるとき。星の光が少し遅れて届くとき。樹にのぼりたくなるとき。悲しいことがあっても、くるっと丸くなっているうちに忘れてしまうとき。したくないことからすぐ逃げるとき。よく皿を割るとき。よく転ぶとき。ときどきこれでいいのかな、と思うけれども、そのうちに、あれ、何悩んでたのかな、と考えるとき。人の言ったことがすぐに分からないとき。丸いものが好きになるとき。会話にぱぴぷぺぽのつく言葉が増えるとき。意地悪されてもなかなか気がつかないとき。何か言われてもすぐに言い返せないとき。ぼんやりしているとき。ぼんやりしている間に周りが変化してしまっているとき。誰かと話していて、話している内容より思い出したことのほうが気になるとき。君にはちっとも将来への展望がないねと言われるとき。何考えてるのかわからないと言われるとき。でも幸せなとき。

こういうとき、人はうさぎ時間にいる。

少しつけ加え

高原英理

どうでしょう。かわいかったでしょ。

それだけでいいのですが、ここで少しつけ加えを記しておこうと思います。以下。

1　まずはここから

何よりかわいいの基本はこういう愛らしい動物たちだ。

フワン・ラモン・ヒメーネスの「プラテーロ」は散文詩集『プラテーロとわたし』の冒頭の一篇。こんなむくむくふんわりの相棒がいたらどんなにか幸せだろう。

新美南吉「手袋を買いに」はもう読んだとおりのキュート。

工藤直子「ちびへび」。気弱な心が愛らしく、でもちょっと悲しく淋しい。

北原白秋「雀と人間との相似関係」は『雀の生活』から。なにしろちゅちゅちゅちゅっ

ちゅちゅっちゅです。

2　可憐の言葉

次はとてもチャーミングな、人の心の表れとその言葉。

クリスティナ・ロセッティ「誕生日」。この真っ直ぐで素敵な喜びをどうぞ。

『アイヌ神謡集』の翻訳によってアイヌ文化の復権に歴史的な転機をもたらしたとされる知里幸恵は、その才能と志を認めた国語学者金田一京助から援助を受け、東京の金田一家に身を寄せた。「銀の滴《しずく》降る降るまわりに、金の滴《しずく》降る降るまわりに」（「梟の神の自ら歌った謡」）という始まりで知られる彼女の翻訳は優しく詩情豊かでその稀有の才をよく反映している。心臓に重度の患いがあったため、翻訳の校正を終えた夜、心臓発作で亡くなった。享年十九。物語の中に見るような夭折の天才少女だが、その残した日記や書簡を読むと、賢く、ひとつひとつのことに懸命で、しかも家族や周囲の人たちへの細やかな思いやりに満ちていることが知れる。「私の頭、小さいこの頭、その中にある小さいものをしぼり出して筆にあらはす……たゞそれだけの事が——私は書かねばならぬ、知れる限りを、生の限りを、書かねばならぬ」というようないじらしくも志高い言葉を、ただかわいいとだけ言うのは間違いだが、ともあれ、これまで知らなかった方も本書を機にこの可憐な偉人を好きになっていただけたらと思う。

泉鏡花「蠅を憎む記」。最初は何これ？　かも知れないが最後まで読んでみてほしい。ラスト近くではっとするキュートが待っている。

室生犀星「悼詩」は小説『或る少女の死まで』の末尾に置かれた胸破れるような悲しみの追悼詩。皆からボンタンと愛称され、幼くして死んだ娘ふぢこの愛らしさ、それを限りなく嘆くおぢさんの悲しみも童謡的で巧み。

小山清は私小説作家だが、その作品は、私小説にしばしば見られる怨恨や憎しみ・自虐等の表現がほとんどなく、多くが街の片隅で慎ましく生きる男性の回想である。ここに採った「聖家族」はやや異色で私小説ではないが、やはり小山の資質がよく表れている。彼はクリスチャンでもあった。その彼が語るマリヤ・ヨセフ・イエスの暮らしは聖書にイメージされる崇高さや厳しさとは異なる、可憐な家族の話。聖母マリヤが下町のおかみさんのように描かれているのがちょっとおかしい。

永井陽子は言葉の戯れのような中からふと不思議な幻視を誘うのが巧みな歌人。それとともに、小さなものを愛し心痛めてしまう繊細さと淋しさが多くうかがわれる。

3　猫たち、犬たち

猫と犬はキュートの一大分野だ。それで一章として立てた。

無類の猫好きだった大佛次郎の「スイッチョねこ」は、しかし、ただ猫かわいい、の気分に溺れることなく、擬人化された猫たちの、当人たちにとっては真剣な行動を、読む側から、あ、愛らしいと思わせてしまうよう描く。

幸田文の「小猫」もやや距離を置いた書き方だが、途中から憐れむ心が全開になって、ともに泣いてしまいそうだ。

金井美恵子は文学にはとても厳しい作家だが、「ピヨのこと」のように愛猫について語ると、冷静な口調の端々でちょっと（かなり）デレるのが微笑ましい。

なお、ここに内田百閒の「ノラや」もどうかと最初考えたものの、これはどちらかと言えば猫がいなくなって毎日泣く百閒おじさんの方がキュートである。ならば「キュートなシニア」に、とも思ったが、結局長さの問題から収録できず、残念だった。

町田康は猫も犬も飼っていてどちらについてもエッセイ・小説がある。この「私の秋、ポチの秋」は飼い犬（プードル）のスピンクが語る形の『スピンク日記』から。

ここで、人の前世が見えるというスピンクが、彼の前世は犬だったからとして「ポチ」と名付けたのが飼い主。美徴さんは同居の女性で、キューティーはともに飼われているもう一匹のプードル犬である。賢くてよくものわかったスピンクとことさら駄目らしく語られるポチとの対比がおかしい。

伊藤比呂美の一大犬文学『犬心』から「おかあさんいるかな」。タケは老いたジャーマン・シェパード。こんなふうに飼い主を慕ういじらしさ、というのが犬の一番キュートなところだと思う。

カレル・チャペックの「アリクについて」は絵本『ダーシェンカ』から。まあなんということでしょう。言葉だけのキュートという原則には反するけれども、もともと絵本なのでこれだけは絵も入れてもらうことにした。

4　幼心のきみ

動物系と並ぶ、もうひとつの「かわいい大陸」は子供の心だ。ただし、動物もそうだが、子供そのままがかわいいとは限らない。ここには子供たちの心細くやるせない、ときに小さいことで悲しむ、そんなところだけ蒸留した「愛され作品」を採った。

まずは童心王・中勘助のキュート幼心文学の金字塔『銀の匙』から。この人の書くエッセイにも日記にも、至るところに目を惹く記述があって、どうしようかと考えたが、ここはやはりまずこの作品をあげるのが世界キュート文学にとって正道と思った。

抄出したのはその前半からで、幼い主人公はいつも心優しい伯母さんに世話をしてもらっている。表現がひとつひとつ魅力的だが、とりわけ、みすぼらしい店のおばあさんを可哀想に思い、商品を買おうとするものの、声をかけられると逃げてしまう、とか「つぶつぶしてにくらしいきゅうり」とか、ここはファイン／キュートの殿堂だ。

ただ、どちらにしようか最後まで収録を迷ったのは「島守」という随想的作品で、そこでは話者が、好物の浪華《なにわ》漬を樽ごともらったのを喜んで上から食べてゆくのだが、「奥にはまだなにかいる様子だったが楽しみにしてわざと見ずに」おくという言葉がある。成人してからもこの調子だ。

この次に松谷みよ子の『ちいさいモモちゃん』から一編を予定したのだが、かなわなかった。というわけでここには収録できなかったけれども、『モモちゃん』のシリーズはどれも「キュート幼心文学全集」に入れるべき本として、どうか是非お読みください。

野口雨情の「少女と海鬼灯」は奇妙なシチュエーションながら、弱い者とそれへの慈しみの心をやわらかに描く。海鬼灯は巻貝の卵嚢のことだが、かつては、穴をあけ、洗ったそれを子供たちが口に含み、鳴らして遊んだ。

山川彌千枝は一九三三年、十六歳で夭折した少女。大変文才があったので没後、

『薔薇は生きてる』という遺文集が刊行され、その魅力が知られることとなった。同書には小品・短歌・日記・手紙が収録されていて、この「ぞうり」は「小品」の中にあり、小説と言ってよい。直接の幼心というわけではないが、随所、賢く想像力豊かな少女の言葉がある。文中、「それはいたいでした」という破格の言い方が、当人は単に不用意だっただけかもしれないが（そして読む側の贔屓目かもしれないが）効果的で優れていると思う。宮沢賢治がときに用いる耳慣れない表現を思わせる。

黒田三郎「夕方の三十分」。娘のユリとの生活を語る詩のひとつ。なかなか綺麗事でない娘との暮らしと、ユリのあどけないながら激しい罵り、しかし諍いが済んだあとの後悔含みのやわらかい静けさとが心に迫る。

5　キュートなシニア

といって何も子供だけがかわいいのではない。おじさん・おばさん、おじいさん・おばあさんの中にもまたかわいい人たちには事欠かない。

杉﨑恒夫は短歌同人誌「かばん」に所属、亡くなる九十歳まで現役だった歌人。作品と作者は飽くまでも別だが、短歌の場合、その歌の歌い手（生身の作者とは別としてよい）の像がこれもひとつの鑑賞の対象となることがある。杉﨑の歌を読んでゆくと、想定される歌い手がかなり高齢の人とされていることはすぐわかるが、と同時に、青年のような、ときに少年のような言葉が全く不自然でなく表出されていて、はっとする。この永遠の瑞々しさがファイン／キュートなのである。

小川未明の「月夜と眼鏡」は言ってみればたわいのない小さな話だが、なんとなく楽しくなる。そしてこの懐かしく抒情的な世界は、そこでいつも針仕事をしているのんびりしたおばあさんあってのことだ。未明は結構怖い話暗い話も書く人だが、本編では大正時代の童話の詩的な楽しさを読んでください。

東直子の「マッサージ」は連作小説集『とりつくしま』から。いずれも、ある人が死んだあと、しばらくの間、何かの物にとりつくことができる、という話。そこで周囲の人の様子をうかがい話を聞くことはできるが、自分から話すことも動くこともできない。完全に消滅するまでそこにとりついてしばらくいるだけである。マッサージ機にとりついたお父さんのちょっとせつない物思いが読ませる。

永瀬清子「あけがたにくる人よ」は作者晩年の絶唱。長い年月を経るほどにその心は澄み、深まり、無垢な悲しみが読む人の胸に突き刺さるようだ。

中島京子「妻が椎茸だったころ」は同表題作の作品集から。主役はおじさんだが、亡くなった妻のかわいげもまたよく偲《しの》ばれる。途中の「おまえたち、戻ったのか！」

もおかしいし、ラストの静かな安らぎがまたよい。これはキュートシニア小説であるとともにキュートきのこ小説でもある。なお、当作品は「第6回日本タイトルだけ大賞」というのを受賞していて、確かにおもしろい題名だが、この名作を題名だけよい、などというのはちょっと憤慨だなと思っていたら、その後、無事「第42回泉鏡花文学賞」を受賞して内容も素晴らしいことが広く認められたのでほっとした。

6 キュートな不思議

不思議な話、怪談、ファンタジーの中からかわいい何かが読まれる作品を選んだ。

フランツ・カフカ「雑種」。ありえない生き物だが、こんなのがいたらものすごくかわいいと思う。部屋にいるとくんくん嗅ぎ回ってきたり、耳もとに顔をよせてきたり、なんて、もうだめだ。

木原浩勝・中山市朗「二つの月が出る山」は『新耳袋』第一夜から。一九九〇年代末からの怪談の流行を招いた『新耳袋』には不条理でとても怖い話も多いが、ときおりこういういい話がまじっている。狸かどうかは知らないが、子供たちに褒められて一生懸命、月をきらきら輝かせているもののけの様子がとても愛らしい。

アーサー・キラ＝クーチ「一対の手」。これもかわいい幽霊の出る怪談で、怪奇小説の名訳で知られる平井呈一が最晩年に自ら選び訳した『こわい話気味のわるい話』の第三輯から。「こわい話気味のわるい話」と題しながら、この話はこわくないし気味が悪くもない。訳者平井によれば「ただむやみやたらに恐怖や戦慄を強調するのが怪談の能ではない」とのことで、こういったジェントル・ゴースト・ストーリーもまた怪談の一分野であることを主張している。

安房直子「鳥」。これはファンタジーの名作としてよく知られているもの。ラストの場面を敢えて語らないところなど、名人の技である。

7　かわいげランド

ここでは描かれる対象がかわいいというよりその世界を語る言葉がプリティ、というような意味で選んでみた。各作品はそれぞれに「かわいげある世界」と言ってよいが、全くのファンタジーや幻想ということでなく、私たちの生きる日々から発した言葉がふと奇妙な、ときにありえないような方向に向かい始めるとき、そこに不思議で素敵なかわいげが発生する、これらはそんな意味のファイン／キュートの国である。

できれば尾崎翠の「第七官界彷徨」も収録したかったのだが、これを収録するなら全編とすべきだし、すると長すぎて断念、また、フランチェスカ・リア・ブロックの

『〃少女神〃第9号』中から一篇という案もあったが、諸般の事情からこれも断念。けれどかわいげランドはまだまだある。

斉藤倫「チェロキー」は「猫たち、犬たち」に入れてもよいし、捨て犬チェロキーはちょっとかわいいかも知れないが、この詩の一番の味わいはその何気ないながらはっとさせる言葉つきの愛嬌にあると思い、ここに置いた。

岸本佐知子「マイ富士」はエッセイ集『ねにもつタイプ』から。翻訳家・岸本佐知子のエッセイはどれを読んでも面白いが、とりわけキュートなのはこれ。かわいらしいだけでなく、あるイメージが果てしなく暴走してゆく経過のおかしさが好きだ。

池田澄子の句はときにコミカルだったり、気弱そうだったりで、私には気になる俳人だった。そこには俳句ならではの、叙情にゆかない、愉快かつ可憐な世界がある。

雪舟えま「電」は作品集『タラチネ・ドリーム・マイン』から。実は「ファイン/キュート」というアイデアを得たのはこの作品集を読んだからだ。なんという素敵でかわいい世界なのだ。こういうスーパープリティなテイストの作品はほかに、と考えていてこのアンソロジーができた。もう冒頭から心鷲掴みである。

ミランダ・ジュライ「水泳チーム」。これはどうだろう、どこがかわいいの？　と思われる方もあるかもしれない。しかし、この現在やや不幸気味の語り手が回想する、とても尋常では考えられない「水泳練習」の子供の空想のようなナンセンスさと、それを疑うことなく毎回たゆまず練習し続ける老人たち、そしてコーチする当人の生真面目さがとても愛らしく、奇妙なファイン／キュート、と私などは思うのだ。

高原英理「うさと私」。全編の四分の一ほどを抄出した。既に「はじめに」のところでも述べたし、それ以上作者から言うことはない。代わりに、同作品が単行本（詩集）として刊行されたさい、谷川俊太郎先生からいただいた帯文を記す。

「キューキョクの愛の表現。スタイル・ユニーク。」

底本一覧

1　まずはここから

フワン・ラモン・ヒメーネス／長南実訳「プラテーロ」『プラテーロとわたし』岩波文庫、二〇〇一年
新美南吉「手袋を買いに」『新美南吉童話集』（千葉俊二編）岩波文庫、一九九六年
工藤直子「ちびへび」『工藤直子詩集』ハルキ文庫、二〇〇二年
北原白秋「雀と人間との相似関係」『白秋全集』（第15巻）岩波書店、一九八五年

2　可憐の言葉

クリスティナ・ロセッティ／羽矢謙一訳「誕生日」『世界の名詩』（小海永二編）大和書房、一九八四年
知里幸恵「「日記」から」『現代アイヌ文学作品選』（川村湊編）講談社文芸文庫、二〇一〇年
泉鏡花「蠅を憎む記」『鏡花全集』（第6巻）岩波書店、一九八七年
室生犀星「悼詩」『或る少女の死まで』岩波文庫、一九五二年
小山清「聖家族」『小山清全集』（増補新装版）筑摩書房、一九九九年
永井陽子十三首『永井陽子全歌集』青幻舎、二〇〇五年

3　猫たち、犬たち

大佛次郎「スイッチョねこ」『日本の童話名作選　昭和篇』講談社文芸文庫、二〇〇五年
幸田文「小猫」『幸田文どうぶつ帖』（青木玉編）平凡社、二〇一〇年
金井美恵子「ピヨのこと」『猫町横丁』イザラ書房、一九八〇年
町田康「私の秋、ポチの秋」『スピンク日記』講談社、二〇一一年
伊藤比呂美「おかあさんいるかな」『犬心』文藝春秋、二〇一三年
カレル・チャペック／伴田良輔訳「アリクについて」『ダーシェンカ』新潮文庫、二〇〇一年

4　幼心のきみ

中勘助「銀の匙」（抄）『銀の匙』角川文庫、一九八九年
野口雨情「少女と海鬼灯」『定本　野口雨情』（第6巻）未來社、一九八六年
山川彌千枝「ぞうり」『薔薇は生きてる』創英社、二〇〇八年
黒田三郎「夕方の三十分」『現代詩文庫　黒田三郎詩集』思潮社、一九六八年

5　キュートなシニア

杉崎恒夫十三首『パン屋のパンセ』『食卓の音楽』六花書林、二〇一〇年／二〇一一年
東直子「マッサージ」『とりつくしま』ちくま文庫、二〇一一年
小川未明「月夜と眼鏡」『小川未明童話集』新潮文庫、一九六一年
永瀬清子「あけがたにくる人よ」『あけがたにくる人よ』思潮社、二〇〇八年
中島京子「妻が椎茸だったころ」『妻が椎茸だったころ』講談社、二〇一三年

6 キュートな不思議

フランツ・カフカ／池内紀訳「雑種」『カフカ短篇集』（池内紀編訳）岩波文庫、一九八七年
木原浩勝・中山市朗「二つの月が出る山」『新耳袋』（1）角川文庫、二〇〇二年
アーサー・キラ＝クーチ／平井呈一訳「一対の手」（3）『こわい話　気味のわるい話』沖積舎、二〇一二年
安房直子「鳥」『南の島の魔法の話』講談社文庫、一九八〇年

7 かわいげランド

斉藤倫「チェロキー」『手をふる　手をふる』あざみ書房、二〇〇四年
岸本佐知子「マイ富士」『ねにもつタイプ』ちくま文庫、二〇一〇年
池田澄子十三句『現代俳句文庫29　池田澄子句集』ふらんす堂、一九九五年
雪舟えま「電」『タラチネ・ドリーム・マイン』ＰＡＲＣＯ出版、二〇一二年
ミランダ・ジュライ／岸本佐知子訳「水泳チーム」『いちばんここに似合う人』新潮クレスト・ブックス、二〇一〇年
高原英理「うさと私」（抄）『うさと私』新風舎、一九九六年

＊収録作品中、著作権者の方のご連絡先が不明なため、ご了承をいただけていないものがあります。関係者の方がいらっしゃいましたら、編集部へご一報いただきたくお願い申し上げます。

本書は、ちくま文庫のためのオリジナル編集である。

ちくま文庫

ファイン／キュート　素敵《すてき》かわいい作品選《さくひんせん》

二〇一五年五月十日　第一刷発行

編　者　高原英理（たかはら・えいり）

発行者　熊沢敏之

発行所　株式会社　筑摩書房
東京都台東区蔵前二―五―三　〒一一一―八七五五
振替〇〇一六〇―八―四一二三

装幀者　安野光雅

印刷所　明和印刷株式会社

製本所　株式会社積信堂

乱丁・落丁本の場合は、左記宛にご送付下さい。
送料小社負担でお取り替えいたします。
ご注文・お問い合わせも左記へお願いします。
筑摩書房サービスセンター
埼玉県さいたま市北区櫛引町二―六〇四　〒三三一―八五〇七
電話番号　〇四八―六五一―〇〇五三

ISBN978-4-480-43262-9 C0193